傲慢王太子の罠にかかった文系令嬢ですがなぜか超溺愛されてます

水城のあ

Vanilla文庫

JN019080

傲慢王太子の罠にかかった文系令嬢ですがなぜか超溺愛されてます

イラスト／ｇａｍｕ

プロローグ

遠くで舞踏室のざわめき、そしてワルツのメロディが聞こえる。

リゼット・フォーレは耳を澄まし辺りに自分以外の人の気配を感じないことを確認して、扉の隙間にするりと身体を滑り込ませた。

背後で音もなく扉が閉まるのを確認して部屋の中に視線を向ける。

人気はないがいくつか小さな蠟燭《ろうそく》が灯《とも》っているので、すぐに辺りの薄暗さに目が慣れて、その部屋が豪奢《ごうしゃ》な造りの書斎であることが確認できた。

屋敷のメイドに確認した話に間違いがなければ、ここはこの屋敷の主ジョフロワ公爵の書斎のはずで、それを確認するためにリゼットはマホガニーの事務机に近づいた。

リゼットが動くたびに静かな部屋の中にペティコートのさやさやという衣擦《きぬず》れの音がして、自分が発しているとわかっているのにドキドキしてしまう。

人に見られては困るようなことをしている後ろめたさがそうさせるのだが、扉に鍵をかけなかったのは失敗だったと思いながら机の前に立った。

リゼットが横になってもまだ余裕があるほど広い机の上にはたくさんの本や書類が積み上げられていて、公爵はあまり整理整頓が得意でない様子が見てとれる。

重ねられた書類の端のサインを確認し、ここが間違いなく公爵の部屋であることにホッと胸を撫《な》で下《お》ろす。顔の上半分を覆っている仮面がずれていないかを指で確認しながら辺りを見回した。

今夜公爵邸では仮面舞踏会が開かれていて、参加者はもちろんのこと、屋敷の使用人までもが顔の半分を覆う仮面を身に着けている。

参加者はお互いの身分や名前を明かさないというのがルールとなっていて、もし相手が誰か気づいたとしても敢《あ》えてそれを伝えないのが暗黙の了解となっていた。

最初、リゼットの保護者である兄フォーレ伯爵は、未婚の妹を仮面舞踏会に参加させることに難色を示した。義姉のソランジュがいつも甥姪《おいめい》の相手ばかりしているリゼットには少しばかり大人の集まりに参加する必要があると加勢してくれなければ、今夜この場に立つことはできなかっただろう。

兄夫婦が同伴する条件で参加を認めてもらったのだが、こうして抜け出したことに気づかれていないか少し心配になる。幸い仮面のおかげで顔が判別しにくくいつもより見つかりにくいし、親友のアリスが様子を見て兄を引き留めると言っていたからそれを信じるしかない。しかし引き留めるといっても限界があるので、なるべく急いだ方がいいのはわかっていた。

リゼットは作業机の引き出しの位置を確認し、それを順番に開けていく。ひとつひとつ丁寧に目的の――手紙がないか確認する。

ちなみに探している手紙はリゼットのものではない。アリスが現王陛下の弟でこの屋敷の主ジョフロワ公爵に宛てて送った手紙だ。

優しく声をかけられ逆上《のぼ》せた勢いで思わず恋文を送ってしまったそうだが、今アリスはその手紙のせいで窮地に立たされている。

アリスにそのことを相談されたときは驚いてしまったが、親友の初恋成就のためならと、この危険な役目を引き受けたのだった。

書斎に忍び込んで手紙を盗み出すなど貴族令嬢としてどころか、人としても見つかったら大問題になる。かなりの危険を冒すことになるが、親友の力になりたかった。

それに誰かに恋する気持ちならリゼットにも理解できる。リゼット自身も自国アルドワンの王太子、フェリクスに密《ひそ》かに想《おも》いを寄せていたからだ。

ダークブラウンの髪に鳶色《とびいろ》の瞳が魅力的で、男性らしくしっかりとした眉は意志が強そうに見える。一度だけダンスを踊ったことがあるが、視線を合わせるのも恥ずかしくて夜会服の襟元ばかりジッと見つめていたせいで、顎《あご》から首にかけてのラインが綺麗《きれい》だった記憶しか残っていない。

残念なことに現在二十五歳である王太子殿下は自分よりも年上の女性に興味があるそうで、社交界では彼がどこそこの未亡人と密会していただの、貴族夫人に手紙を送ったという噂《うわさ》をよく耳にした。

アリスのように身分違いという理由ならリゼットも努力するかもしれないが、昨年やっと十八歳の成人を迎えたばかりの年齢だけはどうすることもできなかった。

自分の恋は無理でも、親友の初恋だけは叶《かな》えてやりたい。リゼットはその一心で公爵の書斎に忍び込む役を引き受けたのだった。

仮面舞踏会と言っても親しい友人や知人なら少し言葉を交わしただけで誰だか気づくことができる。しかし気づかないふりをして言葉遊びをするのが大人の粋だそうで、リゼットは何人かの知人男性とダンスを数曲踊って、舞踏室が招待客でいっぱいになったところを見計らってそっと抜け出し、書斎に忍び込んだのだった。

初めは上手《うま》く忍び込めるか、もし屋敷のメイドに見咎《みとが》められたらとか書斎に鍵が閉まっていたらとか不安を感じていたのだが、あっさりと侵入できてしまったことに拍子抜けしてしまう。

公爵の引き出しの中を物色しながら、今誰かに見つかったら泥棒のようだと考え、なぜか不安より笑いがこみ上げてくる。子どもの時よく読んだ物語に出てくる怪盗みたいだ。

無事に手紙を見つけ出したら、必ず今夜の冒険をアリスに面白おかしく話して聞かせなければと思った。

アリスの初恋の相手レオンとは、ふたりの婚約が発表されたあと何度か夜会や音楽会で顔を合わせるようになっていた。

今夜のふたりも仲睦《なかむつ》まじく言葉を交わしていて、レオンが始終アリスを気遣っている様子も微笑《ほほえ》ましくうらやましい。あのふたりの幸せな姿を目にしてしまったら、なんとしてでも手紙を手に入れなければと決意を新たにしたのだった。

しかし鍵の開いた引き出しの中を丁寧に確認したものの、目当てのものは見つからなかった。

引き出しの中には恋文以外の手紙も入っている様子がなかったから、信書類も含めて鍵つきの引き出しにしまわれているのだろう。

リゼットは溜息《ためいき》をひとつつくと、髪の中からヘアピンを二本抜き出し鍵穴に差し込んだ。

貴族令嬢がどこでこんな技術を学んだのだと不審がられそうだが、これは今は亡き父親に教えてもらったものだった。

フォーレ家の領地では鍛冶が盛んに行われていて、その中でも錠前作りに力を入れていた。幼い時期を領地で過ごした父は遊び回っているうちに鍛冶屋から鍵開けのコツを教わったそうで、兄やリゼットにも領地の事業だからと錠前についての知識を与えてくれた。

錠前開けに関しては向き不向きがあるようで、あまり得意でない兄に比べて手先が器用なリゼットはすぐにコツを飲み込んでしまった。

もちろんだからといってその技術を人前で披露することなどなかったから、リゼット自身まさか役立つ日がくるとは思わなかった。

ふとこんなことを王太子殿下、フェリクスに知られたらどうなるだろうと考えた。

フェリクスは珍しく今夜の仮面舞踏会に参加していた。王宮主催の催しもの以外に顔を出すのはめったにないことだが、今夜は叔父の集まりだから顔を出したのだろう。

今夜の彼は仮面舞踏会の趣旨に合わせて身分がわかりにくいよう一般貴族のような装いだったが、フェリクスに恋するリゼットは一目で気づいた。

今夜はそんなことをしている場合ではないのに、ついフェリクスの居場所を確認し、叶わぬ恋だとわかっていても視線の端でその姿を追いかけてしまう。

せっかくの仮面舞踏会なのだから、思いきってダンスに誘えばよかったかもしれない。

リゼットが小さく溜息をついたときだった。

カチリと小さな音が響いて、リゼットは鍵穴からヘアピンを引き抜いた。取っ手を引っぱると引き出しがなんの抵抗もなく開いた。

引き出しの中はいくつかに仕切られていて、予想通りそこには手紙がしまわれている。

リゼットは机の上のランプを引き寄せると、アリスの手紙を探した。

信書類ばかりが詰まった引き出しの中でアリスが送った薄ピンク色の封筒はすぐに見つ

かり、念のため表書きの文字がアリスの筆跡であることを確認する。

リゼットがホッとして手紙を小物袋《レティキュール》に滑り込ませたときだった。扉がカチリと小さな音を立てて開いたかと思うと、そこから仮面を身に着けた男性が姿を見せた。

「……ッ‼」

とっさにその場にしゃがんで机の影に身を隠そうとしたけれど、それよりも早く男性と視線がぶつかってしまった。

「……ここでなにをしている」

厳しい声で問われて、頭の中が真っ白になる。万が一見つかったときのためのいいわけはいくつか考えていたが、相手が悪すぎた。

部屋に入ってきたのはジョフロワ公爵ではなく、顔を隠していたとしても見間違えることのない男性、王太子フェリクスだったのだ。

彼がここにいる理由はわからないけれど、この部屋になにか用事があったのだろう。舞踏室を出るとき公爵と一緒にいたのは知っていたが、フェリクスに見つかることは想定していなかった。

ついさっき彼に見つかったらどうなるだろうと考えたばかりなのに、いいわけの言葉などひとつも浮かんでこない。辛うじて頭に浮かぶのは、やはり不審に思われたとしても鍵を閉めるべきだったという後悔ばかりだ。

「答えろ。ここでなにをしていたのか聞いているんだ」

いつまでも黙っているリゼットに苛立《いらだ》ったのか、フェリクスがさらに強い口調を投げつけてくる。

まるでナイフで切りつけてくるような強い言葉にリゼットはビクリと身体を震わせ首を竦《すく》めた。

これ以上彼を怒らせたら、人を呼んで仮面を剝《は》がされてしまう。そうなったら小物袋の中を見られて、アリスが公爵に恋文を送った事実も明るみに出てしまうかもしれない。幸い彼はまだ書斎の侵入者がリゼットだとまでは気づいていないようだ。

次の瞬間頭の中で閃《ひらめ》いた考えは名案とは言いがたかったが、このままなにもしないで秘密を暴露してしまうよりはましだと思い、リゼットは恐る恐る口を開いた。

「わ、私……公爵様を、お慕いしております」

リゼットが思いついたのは、お互いが仮面を身に着けているのを利用してフェリクスを公爵だと思い込んでいるふりをするということだった。

幸いフェリクスは公爵と背格好が似ている上に、顔立ちも父である王陛下より王弟の公爵の方が似ていると言われている。リゼット自身も仮面をつけているのだから、上手く言いつくろってここから逃げ出してしまえば、書斎に忍び込んだのが自分と知られることはないだろう。

「公爵様が普段どんなお部屋で暮らしていらっしゃるのか知りたくて、興味本位で忍び込んでしまいました。申しわけございません」

リゼットは目を伏せフェリクスと視線を合わせないようにして早口で言うと、サッと彼の脇をすり抜けて部屋を出ようとする。しかし通り抜けざまに手首を摑《つか》まれてしまい、そのまま動きを封じられ壁に背中を押しつけられてしまった。

「あっ！」

背中に感じる壁の硬い感触に再び頭の中が真っ白になる。顔を見られないようにしていたのも忘れて視線をあげるとすぐそばにフェリクスの顔が迫っていて、一度だけダンスをしたときに目に焼き付けた顎から首筋のラインが視界に飛び込んできた。

「本当に私を思ってくれているなら光栄だが……この場から逃れるための言葉でないと言いきれるのか？」

仮面越しに顔を覗《のぞ》き込《こ》まれて、とっさに言葉が出てこない。扉の横にあるランプの明かりのおかげでフェリクスの鳶色の瞳が煌《きら》めいて、その美しさにリゼットは小さく息を吞《の》んだ。

「あなたの本当の言葉を聞かせてくれ」

おまえの意図などわかっていると言いたげな言葉に、鼓動が速くなり呼吸が上手くできない。それに男性にこんなに顔を近づけられるのも初めてで、息の仕方を忘れてしまったみたいだ。

「……う、嘘《うそ》ではありません……以前夜会でお声をかけていただき、ありがたくももったいなく思っていて……そ、その時からお慕い申し上げております」

アリスの言葉を思い出しながらなんとかそう口にすると、フェリクスが深い溜息をついた。迷惑だとでも言いたげな態度に泣きたくなる。

フェリクスがリゼットの想いを迷惑だと思っているわけではないのに、まるで自分の本当の想いを否定されたような気持ちになった。

「……申しわけございません。二度と……こんなことはいたしませんので、どうかお許しください……」

声が震えて、今にも泣き出してしまいそうになる。しかしフェリクスの言葉がそんなリゼットを容赦なく責め立てた。

「あなたがこの部屋でなにもしていなかったとして、それを証明できるのか？」

「……え？」

フェリクスの言っている意味が理解できず、リゼットは潤んだ瞳で彼を見上げた。

「本当に私のことを想ってこの部屋に忍び込んだのだというなら、証拠を見せろと言っているんだ」

「……証拠、ですか？」

オウム返しにフェリクスの言葉をなぞったものの、その場限りの言い逃れとして口にした言葉に証拠などあるはずもない。そもそも本当に相手を想っていたとしても心の中まで見せることなどできないのに。

するとフェリクスはとんでもないことを口にした。

「本当に私のことが好きだというなら……そうだな、キスでもしてもらおうか」

「……な‼」

〝キス〟という言葉を聞いただけで頭に血が上って顔が赤くなっていくのがわかる。いくら疑っているとはいえ女性に口付けを求めるという破廉恥な提案をする人だとは思っていなかった。

しかもフェリクスは公爵のふりをしてリゼットに口付けを求めているのだ。そう考えると彼に対して嫌悪感が湧き上がってくる。

「わ、わたくし……」

いっそ本当は公爵のことなど好きではないと口にしてしまおうか。しかしではなぜここにいたのだと問われても本当のことは口にできない。それならどんなことをしてもこの場を切り抜けるしかなかった。

「私がキスを……したら、信じていただけるのですか?」

ここで本当のことを話してしまったらアリスの結婚話は壊れてしまうかもしれない。悩んで相談してくれたアリスのためにも自分は彼女の名誉を守らなければいけないのだ。

「……わかりました」

リゼットは意を決して一歩前に踏み出した。

アリスのことを言えない以上、この場を切り抜けるにはキスをするしかない。子どもの頃は自分から両親や兄にしていたのだから、特別なことなどではないと言いきかせる。

マスク越しにジッと見上げるリゼットの気迫に、フェリクスがわずかに息を呑む気配がした。

「……ま、待て……無理をするな……」

「動かないでください……っ！」

リゼットはフェリクスの袖口を摑むと自分の方へと引き寄せる。そのままなぜか及び腰のフェリクスに向かって背伸びをすると、仮面からはみ出している頰《ほお》の端に唇を押しつけた。

固く目を瞑《つぶ》っていたせいで彼がどんな顔をしていたかはわからないが、次に目を開けたとき、フェリクスの鳶色の瞳は驚きで大きく見開かれていた。

自分から証拠を見せろと言ったのに驚くなんてどういうことだろう。リゼットが内心首を傾《かし》げたときだった。

「待て。今のはなんだ？」

どうして彼は怒っているのだろう。戸惑いながら彼の表情を窺《うかが》うが、マスク越しでは微妙な違いを読み取ることができない。

「キス、ですが……」

彼の望み通り恥ずかしい気持ちを押し殺して口付けたというのに、なんの不満があるというのだ。問うような眼差《まなざ》しで見上げたリゼットの前で、フェリクスが大袈裟《おおげさ》な溜息を漏らした。

「とんだ箱入り娘だ。男に想いを告げようとしてするキスが、頬のはずがないだろう。俺が求めているキスはこっちだ」

フェリクスは掠《かす》れた声で呟《つぶや》き、リゼットのほっそりとしたウエストを引き寄せるとそのまま自分の腕の中に抱き寄せる。

「……あっ」

リゼットの唇から悲鳴にも似た声が漏れた次の瞬間、つるりとした赤い果実のような唇がフェリクスのそれに覆われていた。

「んぅ」

驚きのあまり見開かれたリゼットの目の前にフェリクスのシャープな頬のラインが飛び込んでくる。初めて求められていた口付けの意味を理解したけれど、それを許すかどうかは別だった。

「ん、んぅ……！」

鼻を鳴らして抗議すると後頭部に手を回され、さらに口付けが深くなる。小さな唇が熱く濡《ぬ》れたもので覆われて息苦しくてたまらない。あとになって鼻で呼吸をすればよかったのだと気づいたが、その時は突然の出来事に頭が働かなかった。

「んんぁ……」

なんとか息を吸おうと開いた唇から、酸素の代わりに熱い粘膜がぬるりと侵入してくる。それがフェリクスの舌だと気づいたのは、熱いものがリゼットの小さな舌に擦りつけられたからだった。

ざらつく舌が擦れ合ったとたん背筋からなにかが這《は》い上《あ》がってきて、リゼットの身体が震える。今まで感じたことのない刺激はなぜかお腹《なか》の奥の方を痺《しび》れさせて、身体の芯の辺りが疼《うず》くような気がした。

「ふ、ん……ぁ……」

口の中が舌でいっぱいになり苦しさのあまり涙が滲《にじ》んでくる。なんとかこのおかしな刺激から逃れようと、リゼットは後頭部を押さえつけていた手を必死で振りほどく。

「……はぁ……っ」

わずかにずれた唇から息を吸い込んだとたん、逃げられないように腰を引き寄せられ、気づくと腹部より下が密着していた。

ドレス越しだがフェリクスの硬い腰の感触やゴツゴツとした足の形が伝わってくる。ダンスよりもさらに身体が密着していて、あまりにも近い距離に胸がざわついてしまい、落ち着かない気持ちになった。

「は、放して……んぁっ」

辛うじてそう口にしたが唇は再びキスで塞がれてしまい、それ以上の言葉はフェリクスの口腔《こうこう》に飲み込まれてしまう。

生まれて初めての男性との口付けをこんなふうに奪われてしまったショックと、次から次へと追いかけてくる刺激に頭の中は恐慌状態だ。

すると動けずにいるリゼットの身体を大きな手が弄《まさぐ》り始めた。

最初は怯《おび》えたリゼットの背中をあやすように撫《な》で回《まわ》し、そのままスカート越しにお尻に触れる。重なり合ったスカートの上から柔らかな丸みをキュッと鷲《わし》づかみにし、その場所を淫らな手つきで撫で回す。

「は、ん……ふ……ぁ」

熱い舌で口腔を犯され、大きな手で身体を弄られて、熱くてたまらない。次第に頭の芯が痺れてきて、抗《あらが》う気力が薄れてきてしまう。

すると身体を弄っていた手がほっそりとした腰のラインを確認するように動いて、身体の正面に回ってくる。しまったと気づいたときにはフェリクスの指がたわわに実った果実のような胸の膨らみに触れていた。

夜会用のドレスは自分でも恥ずかしくなるぐらい襟が深く抉《えぐ》れていて、手を滑り込ませることなど容易だ。

「や……おやめ、ください……っ」

キスの合間に喘《あえ》ぐように呟くと、フェリクスから乱暴な言葉が返ってくる。

「あなたがこの部屋からなにかを持ち去ろうとしていないか、身体検査をしているのだ。大人しくしろ」

身体検査をするのならこんな淫らな触れ方をしなくてもいいはずだ。そして本当に調べるつもりなら手首にかかった小物袋からだということも、当然フェリクスならわかっているはずだった。

疑わしいと言われてしまえばそれまでだが、自分のような小娘ひとりをここまで疑うものなのだろうか。こんなことなら最初から身分を明かして許しを求めた方がよかったのかもしれない。

「や、いや……ぁ……」

柔らかな胸の丸みを乱暴に揉《も》まれて、恐ろしさのあまり目尻から涙が零《こぼ》れてしまう。

フェリクスは年上好みと聞いていたが、戯れの相手なら誰でもいいのかもしれない。その証拠に公爵と間違われて否定しないのは、叔父のふりをしてリゼットのことを好きにしようとしているとしか思えなかった。

ドレスの上から胸の膨らみを弄っていた男性特有の筋張った指が、レースで縁取られた襟ぐりに触れる。素肌に触れた指の熱さにドキリとした瞬間、ドレスを引きずり下ろされ柔らかな丸みが零れ出た。

「あ……っ！」

リゼットが抗う間もなく、フェリクスは尖端《せんたん》が膨らんだピンク色の突起をぱっくりと咥《くわ》え込む。

「ひぁっ……ん！」

濡れて温かなフェリクスの口腔の感触と今まで感じたことのない全身が痺れるような刺激に、膝から力が抜けてその場に頽《くずお》れそうになる。

腰から下を壁に挟み込むようにして押しつけられていなかったら、立っていることなどできなかっただろう。

胸の頂はフェリクスの口の中でクチュクチュと音を立てて吸い上げられ、ざらつく舌で舐《な》め転がされる。そのたびに膝がガクガクと震えて、触れられていない足の間にキュンとした甘い痺れが走った。

「あっ、ン……や、んんっ……」

こんなことが身体検査のはずがなかった。しかしフェリクスがどうしてそんなことをす

るのか、そしてなぜ自分の唇からはこんなにも甘ったるい嬌声《きょうせい》が漏れてしまうのかわからない。

ただこれが男女の身体を繋《つな》げるための行為の一環だと本能的に気づいていて、怖くてたまらなかった。

男性の目に裸の胸を晒《さら》していることも、その胸の頂をフェリクスが口で愛撫《あいぶ》していることも現実だとは思えない。羞恥のあまり気を失いそうだった。

このまま想っている相手に誤解されたまま、こんなところで純潔を奪われてしまうのだろうか。

夜会ではひとりでうろついてはいけないとか、男性とふたりきりになるなという義姉の言葉が今頃頭の中に蘇《よみがえ》ってくる。

チュプチュプと音を立てて乳首を吸われ、せめてその音が聞こえないように両手で耳を塞ぎたいと思ったときだった。

「さあ、あなたの本当の姿を見せてくれ」

顔を覆っていた仮面に長い指がかかる。彼が固く結ばれていた紐《ひも》を解こうとしている気配とフェリクスの言葉で、途切れかけていた意識がはっきりしてきた。

「おやめください‼」

次の瞬間、リゼットは大きな声で叫び渾身《こんしん》の力を込めて両手でフェリクスの胸を押していた。するとここで抵抗されると思っていなかったのか、それとも仮面を取ることに夢中になっていたのか、フェリクスは不意を突かれて二、三歩後ずさる。

リゼットはその隙を突いて彼の脇をすり抜けると、はだけてしまったドレスを引きずりあげながら部屋を飛びだした。

「……待ってくれ!!」

扉が閉まる瞬間フェリクスの声が追いかけてきたが、リゼットは生まれてからこんなに速く走ったことがないという勢いで廊下を駆け、淑女のために用意された控え室に逃げ込んだのだった。

1

アルドワンの王太子、フェリクスがリゼットの存在を知ったのは、ちょうど一年ほど前の王宮主催の舞踏会だった。

王宮主催の夜会は毎月のように開催されていたが、その年成人を迎えたデビュタントと呼ばれる令嬢たちが初めて出席する夜会は特別で、その夜のリゼットは成人を迎えた印である真っ白なドレスを身に着けていた。

次に白を身に着けるのは花嫁衣装と言われるほどなので、集まった令嬢たちは自分たちのドレス姿にはしゃいでいるのが伝わってくる。

決してたくさんいる令嬢たちの中でリゼットが特別輝いて見えたわけではない。その証拠にその時は兄のフォーレ伯爵に紹介された記憶があるが、リゼットとどんな会話をしたのかまでは記憶になかった。

初めてダンスを踊ったのも翌々月の夜会で、その時まで彼女のことなどすっかり忘れていたぐらいだ。

両親からは若い令嬢と知り合うために定期的にダンスをするのは独身の王太子としての義務だと言われて、面倒だと思いつつ、これも自分の仕事なのだと勧められた令嬢とダンスを踊るようにしていた。

ここ数年、フェリクスは自分の年齢よりも上の女性を好んでいて、あちこちの未亡人や年増《としま》の女性と密会をしているらしいと噂されていた。

実際には叔父のジョフロワ公爵が女性に少々だらしないところがあり、何度か上手く別れられなかった女性と揉めたので、その女性たちとの揉《も》め事《ごと》を王である父に知られないようフェリクスが尻拭いをしていたというのが真実だった。現在三十代半ばの叔父が恋を仕掛ける相手はフェリクスより年齢が上の女性が多く、気づくと後始末をしているフェリクスが年上女性にしか興味がないという話にすり替わっていたのだ。

なぜ王太子がそんなことをと思われるかもしれないが、叔父とは年が十歳しか離れておらず、幼い頃は年の離れた兄だと思っていたぐらい身近な人なので、ついつい世話を焼いてしまう。

年齢的には叔父が兄役のはずなのに、成長すると共に立場が逆転し、いつの間にかフェリクスが兄のように叔父を気にするようになってしまった。

叔父は父王よりもフェリクスに似た整った容姿で、若い頃から人目を惹《ひ》いていた。さらに他国との交渉や賓客の相手といった外交向きの社交的な性格をしていたので、アルドワンには欠かせない人材だった。

なんにしろ噂は叔父のおかげというより叔父のせいなのだが、王太子妃狙いの貴族令嬢からしつこくされないことはありがたかった。

そんな噂が囁《ささや》かれていたので、結婚を望んでフェリクスとダンスを踊る令嬢は少なく、フェリクス自身も義務として令嬢の相手をすることにすっかり慣れてしまっていた。

ダンスの相手を紹介してくれる大臣の言葉も大抵は話半分で聞いていた。理由は令嬢たちの経歴などどれも似たり寄ったりで、いつの間にか名前さえ間違えなければいいだろうと高を括《くく》っていたのだ。

それもあっていつもと違うリゼットの経歴に、今まで通り軽く聞き流すつもりだったフェリクスはまじまじと彼女の顔を見つめた。

「フォーレ伯爵の妹君で、リゼット様です。リゼット様は今王都で人気の『久遠物語』の作者で、貴族の間でも大変な人気だそうです」

リゼットは女性というよりはまだ少女の面影があるような令嬢で、ストロベリーブロンドの髪に透明感のある碧《あお》い瞳は、なかなか魅力的な組み合わせだ。

美人というよりは可愛《かわい》らしい印象で、あと数年もすれば魅力的な淑女になると想像できる顔立ちだった。

「作者？　あなたが本を？」

若い女性が手紙以外で文字を書くなど想像したこともなかったフェリクスはリゼットに興味を持った。

気になる女性とダンスをするのは楽しいもので、自分から執筆を始めたきっかけや普段はどんな本を読むのかなどを尋ねてしまう。

するとリゼットは始終にこやかに返事をし、フェリクスと目が合うとうっすらと頬を染めて恥ずかしそうに目を伏せる。その姿は初々しく、こんな少女のような女性が書いた物語はどんな話だろうと、夜会のあとさっそく侍従に本を取り寄せさせた。

それは子ども向けの友情を描いた夢のある童話で、冒険も描かれていて、なるほど子どもたちが興味を持つだろうと思った。なにより使われている言葉の端々に温かみがあって、もう自分は童話を読む子どもではないのに、読み終わったあと胸の奥がほっこり温かくなった。

思えばもうこの時から彼女に惹かれていたのだが、決定的となったのは春を祝う園遊会での出来事だった。

春の園遊会は貴族の子どもたちのために毎年開かれているもので、まだ成人していない子弟たちが将来を見据え交流を深めるきっかけのために開催されていた。

その中から才気のある将来有望な子弟を見つける目的もあり、大抵の貴族が自慢の子どもたちを送り込んでくる。

その日のリゼットは兄のフォーレ伯爵の子どもたちの付き添いとして参加していて、こんなところで彼女を目にすると思っていなかったフェリクスは気づくとリゼットがどこにいるのか目で追っていた。

リゼットが小さな子どもたちの世話をし、よその子どもたちまで集めて絵本や物語を読み聞かせているのを見て、飾らない魅力的な女性だと思った。

口元を覆うことなく子どもたちと声をあげて笑い合っている様子は、人によっては行儀が悪いと眉を顰《ひそ》めるかもしれないが、澄ました令嬢ばかりの相手をしているフェリクスの目にはひどく新鮮に映った。

自分の前でもあんなふうに屈託なく声をあげて笑って欲しい。そう思ったフェリクスはその日から、貴族の集まりに参加するとリゼットの姿を探すようになった。

彼女を気にかけるようになって、リゼットが他の若い貴族令嬢に比べ、集まりに参加する回数が極端に少ないことに気づいた。

普通に考えれば結婚相手を探すなら若い方がよく、デビューしたばかりの令嬢なら招待も多いはずだ。フォーレ家は家柄もしっかりしているし、どんなパーティーにでも出入りできるはずなのに姿が見えないのは、なにか理由があるのかと疑ってしまう。

たとえば兄に外出を禁止されているとか、健康面で不安があるのかなど心配になり、自らきっかけを作ってフォーレ伯爵に話しかけた。

「そういえば今夜は妹君の姿がないね。体調でも悪いのかな？」

当たり障りのない挨拶のあとそう尋ねると、伯爵は困ったように苦笑いを浮かべた。

「お気遣いありがとうございます。お恥ずかしいことに、社交の場に出席するより私の子どもたちと家で過ごすことを好む変わり者でして……貴族の娘としてもっと社交の場に出席するべきなのですが本人もあまり望んでおりませんので、だめだと思いつつ好きにさせてしまっているのです」

するとと伯爵の言葉を妻が引き取った。

「実は今夜も私たち夫婦が外出するなら子どもたちが可哀想《かわいそう》だと留守番を申し出てくれて屋敷におりますの。本当なら兄嫁である私が。もっとこういった場に連れ出さなければいけないとわかってはいるのですが。今夜殿下にご心配いただいたこと、必ず義妹にも伝えます。きっと殿下のお心遣いに感謝いたしますわ」

妹を気遣う言葉に不審な様子はなく、先日の集まりで目にした様子からも家族仲が悪いとか、無理矢理《むりやり》家族の世話を押しつけられているようには見えなかった。

不思議なことにほとんど話をしたことがないのに会えないとなると想いは募るようで、より一層リゼットの姿を探すようになり、彼女を見かけるとそれだけで気持ちが上がるような気がした。

しかし王太子がなんの理由もなく一貴族の娘ひとりにばかり声をかけるわけにもいかず、

リゼットと簡単に親しくなることは難しかった。

伯爵令嬢なら身分に問題もないし、いっそ父王に頼んで婚約してしまうという手も残されていたが、できればリゼットにひとりの男として認知されたいというプライドもある。

アルドワンの王太子で、自分が望まなくても近づいてくる女性はたくさんいるというのに、今はたったひとりの若い令嬢を見つめていることしかできないなんて滑稽だ。

そうこう悩んでいるうちに彼女が他の男のものになってしまったらと思うと不安は募る。そんなとき彼女が公爵家の舞踏会に参加することを知り、思いきって今夜リゼットに声をかけようと決心したばかりだった。

幸い仮面舞踏会なら彼女に声をかけてもいつもより注目されにくいし、上手くいけばダンスを踊ったあとふたりきりで話ができるかもしれない。

そう思い、会場に着くと早々に彼女を見つけ声をかけるタイミングを見計らっていたので、リゼットがひとりで舞踏室を出て行ったことにもすぐに気づいた。

人目を気にする様子だったことが気になり、まさか他の男と逢《あ》い引《び》きの約束をしているのではないかと不安になりすぐにあとをつけた。

リゼットは人気のない廊下を人目をはばかるように歩いていき、ある部屋の前で立ち止まる。やがてそっとその扉を押して部屋に入っていくのを見届けて、フェリクスは落胆してしまった。その部屋は叔父ジョフロワ公爵の書斎で、リゼットの挙動から無断で侵入したようにしか見えなかったからだ。

あの可愛らしい令嬢がそんなことをするなんて信じられないという思いと、自分はとんだ人物に想いを寄せてしまったのだという後悔の気持ちで苛立ってくる。

フェリクスはしばらく考えて、やはりリゼットが部屋に侵入した理由を問《と》い糾《ただ》すことが一番だと答えを出し、書斎の扉を押した。

「……ここでなにをしている」

そう声をかけると、仮面の下のリゼットの顔が怯えたように戦慄《おのの》いた。

フェリクスの問いかけに今にも泣き出しそうなリゼットが口にした部屋に侵入した理由を聞き、さらにショックを受ける。彼女が叔父に想いを寄せていたことを知らされたからだ。

しかも彼女はフェリクスを叔父と間違えているようで、誤解をしている彼女に意地悪をしてやりたくなった。

だからリゼットに口付けて想いを証明しろと言ったのは本気ではなかった。未婚の女性にそんなことを言う輩《やから》などろくでもないと、叔父のことを嫌いになればいいと思っただけだ。

しかしリゼットは悩んだ末にフェリクスに近づき、唇を差し出した。頬に口付けるだけでもリゼットには大変な覚悟が必要だったのだろうが、キスの意味を頬だと間違って唇を寄せてきた初心《うぶ》さにすっかり頭に血が上ってしまう。

初心な女性にそこまでさせてしまう叔父への想いの強さやフェリクス自身の失恋、とにかく頭の中が真っ白になり気づくと彼女の唇を奪い、勢いで身体にまで触れてしまった。

リゼットは叔父と口付けたと思っているようだが、実際の相手はフェリクスで、彼女はもう自分が傷物にしたのだ。初心な彼女なら、もう他の男のものになることができないと丸め込むことができるだろう。

今まではリゼットの気持ちを考え強引に迫ることをしなかったが、キスをしてみてやはり彼女を誰かに渡すことはできないと改めて実感する。

フェリクスはリゼットが飛びだして行った扉を見つめて、少々強引な手を使ったとしても彼女をそばに置き、自分に気持ちを向けさせようと誓ったのだった。

2

仮面舞踏会の夜、フェリクスの前から姿を消したリゼットは、女性専用の控え室の扉を閉めたとたん、背中を預けるようにしてその場に座り込んでしまった。

幸い控え室には招待客どころか使用人もおらず、行儀が悪いと思いつつもすぐにその場から動くことができないほど動揺していた。

ほんの半刻ほど前はこんなことになるとは夢にも考えず、ちょっとした冒険気分だったリゼットは、いまだに今起きた出来事が現実であると受け入れきれていなかった。

確かに彼を好きだと思っていたけれど、それはあくまでも憧れで現実にフェリクスと親しくなる自分など想像したこともない。

リゼットはまだ混乱した頭で今日の発端となった三週間前のことを思い浮かべる。その日親友のアリスが、相談があると突然フォーレ伯爵邸を訪ねてきた。

アリスは男爵家の長女で、お互いの両親を通して交流があり、年齢が同じであったこともあり幼い頃から仲が良かった。

アリスは明るい栗色《くりいろ》の髪に空色の瞳、年齢の割に幼い顔立ちをしていて、ストロベリーブロンドのリゼットとは似ていないはずなのに、お茶会でふたり並んで笑っていると姉妹のように見えると言われるほど親しい友人だ。

彼女が突然伯爵邸を訪ねるのもままあることだったので、リゼットはいつものように出迎え、客間ではなく家族の居間に招き入れた。

普段のアリスならメイドがお茶の準備をしている間にも、会わない間に起きた事件や噂《うわさ》話を面白おかしく話してくれるのに、その日の彼女は落ち着かない様子で給仕のメイドの様子を窺い辺りに視線を彷徨《さまよ》わせている。

いつもと様子が違うことに気づいたリゼットはメイドに合図をして下がらせると、自分の手でカップにお茶を注いだ。

「さあどうぞ」

そう声をかけると、アリスは我に返ったようにパッとカップに手を伸ばし口をつけた。

「熱っ！」

カシャン！　とカップとソーサーがぶつかり合う音がしてリゼットは驚いて腰を浮かせる。

「大丈夫⁉」

「ご、ごめんなさい……熱くてびっくりしてしまって……」

アリスはリゼットが差し出したハンカチを受け取ると口元を拭う。

「……大丈夫？」

リゼットは呼び鈴をならしメイドに冷水を運んでくるように言い付けると、アリスの隣に座り彼女の手を取った。

「今日のあなた、なんだかおかしいわ。なにかあったの？」

するとその問いに、いつもは明るいアリスがポロポロと涙を流し始めた。

「ア、アリス⁉」

知り合ってから彼女がこんなにも涙を流すのを見たことがなかったので狼狽《うろた》えてしまい、すぐに次の言葉が出てこない。するとアリスがしゃくり上げながら口を開いた。

「私……どうしたらいいのかわからなくて。レ、レオンに……結婚を申し込まれたの」

アリスはなんとかそれだけ口にするとハンカチに顔を伏せてしまう。

レオンはアリスの幼馴染《おさななじ》みでベジャール侯爵家の次男だ。爵位は兄が継いだので、レオンは数年前成人を機に家を出て、隣国で起業したという話をアリスから聞いたことがある。

リゼットもレオンとは面識があったが、最後に会ったのは十三、四歳の少女の時で、彼には申しわけないが去年彼の兄が病気で亡くなるまで存在も忘れていた。

成人し社交の場に出るようになって噂話を耳にし、アリスから爵位を継ぐために彼がこの国に戻ってくるらしいと聞かされていたが、話はそれきりになっていたはずだ。

「結婚って、レオン様が帰国されたの？」

「ええ、数日前に。昨日の午後我が家に帰国の挨拶に来て、その時突然結婚を申し込まれたのよ」

「つまり、あなたを侯爵夫人に迎えたいということね？」

「そうらしいわ。私どうしたら……レオンに結婚を申し込まれるなんて考えてもいなかったから、とんでもないことをしてしまったの。きっとレオンに嫌われてしまうわ」

「とんでもないことって……」

男爵家は裕福だから条件のいい縁談も多いはずだが、普通に考えれば格上の侯爵家に嫁ぐのだから喜ばしいことのはずだ。親がいい縁を望んでいるという話をアリスから何度も聞かされているから、男爵夫妻は間違いなく喜んでいるはずだ。

しかもレオンとは幼馴染みで親しい間柄なのだから、まったく面識のない男性の元へ嫁ぐより安心できる。それなのにとんでもないことをしてしまったと口走り泣き出すなんて、なにか特別な理由があるのだろう。

ハンカチを目に当ててすすり泣くアリスの背を撫《な》でてやり、なんとか理由を聞き出そうと彼女の可憐《かれん》な横顔を覗き込んだ。

「……なにが起きたのか話してくれる？　力になれるかもしれないわ」

そう言ったものの、リゼットは自分になにができるのか見当もつかなかった。

　ふとアリスがレオンに嫌われると言ったことを思い出し、他に好きな男性がいるから結婚したくないのかもしれないという考えが思い浮かぶ。しかし他に想い人がいるならレオンに嫌われることを心配するより、その好きな男性に嫌われるのを心配するべきだろう。やはりアリスの断片的な情報だけでは、涙の理由を慮《おもんぱか》ることはできなかった。

「ねえアリス、もしかしてあなた、好きな人がいるんじゃゃなくて？」

　リゼットの言葉に、アリスがパッと顔をあげた。

「ああ、どうしたらいいの？　私、あの方にとんでもなくはしたないことをしてしまったの！」

　アリスはそう叫ぶと、今度はリゼットの胸に顔を伏せた。

　しゃくり上げ、何度もパニックになるアリスからなんとか聞き出した話はこうだった。

　彼女はある夜会でジョフロワ公爵と話す機会があり、王弟であるのに自分のような身分の低い貴族の娘とも気さくに話をしてくれたことで公爵に一目惚《ひとめぼ》れをしたのだという。

　その後公爵と会う機会もなく、せめて気持ちを伝えようと思いの丈を綴《つづ》った手紙を送ったそうだ。

「公爵からお返事はいただけたの？」

「いいえ。だって、私自分の名前を書かなかったんですもの」

「まあ」

貴族たちの間で恋文のやり取りをするとき、わざと自分の名前を書かないことがある。これは恋を仕掛けるときに相手がどんな人物なのか想像させたいという遊び心で、大人同士の恋なら恋文に呼び出され、落ち合うまで相手の名前も顔も知らないということもあるらしい。

もちろんアリスにそんな意図はなく、身分と年の差を隠すために名前を書かなかったのだという。

「それなら手紙のことはそのままにしておけばいいわ。公爵はあなたからの手紙だって知らないのだから」

「私も最初はそう思ったの。でも万が一その手紙が誰かの手に渡って、その筆跡から私だと気づく人がいたらと思うと夜も眠れなくなってしまって」

確かに筆跡は性別や育ちを表しているから、公爵は若い貴族令嬢からの手紙だとは気づいているだろう。しかしそれを他の人が手に入れ、さらにその人が筆跡からアリスにたどり着く確率はどれだけあるだろうか。

リゼットは冷静にそう考えたけれど、親友がこんなにも涙を流して心配しているのを放っておくことはできなかった。

アリスは男爵令嬢と貴族の中では身分は高くないけれど、可愛らしく性格も明るいことから男性に人気がある。夜会では話し相手やダンスの相手に苦労したことはないし、なにより男爵家は裕福だった。

　なんでも先代が投機でもうけた金を元手に輸入事業を始めたそうで、娘にたっぷりと持参金が用意できることも、結婚市場でアリスの価値を高めていた。

　そんなアリスがなぜ公爵に優しくされたぐらいで簡単に恋に落ちてしまったのだろう。

　確かに公爵は容姿が整っていて人目を惹く。兄である王陛下よりその息子の王太子殿下に似ていて、若い時は美青年として人気があったのだろう。しかしアリスには申しわけないが、まだ年若い自分たちに公爵は年が行きすぎていると思ってしまう。

　恋に落ちるのに理由や時間は関係ないというが、もしこんな一時の気の迷いのような手紙で大切な親友の将来が台無しになっては大変だ。

「私、子どもの頃からレオンが一番好きだったの。でも昔からお父様とお母様が、彼は次男で爵位を継ぐことができないから私の結婚相手に相応《ふさわ》しくないっておっしゃっていたので、彼とのことは諦めていたの。それに成人して隣国へ行ってしまって、もう二度と会う機会がないと思っていたし」

「つまり、レオン様はあなたの初恋の相手なのね？」

　アリスが頬をうっすらと染めながら頷《うなず》いた。

「それなら、その恋文を取り戻せばいいのよ」

「えっ？　そ、そんなこと無理よ」

「だって万が一筆跡からあなただと知られてしまうのが怖いのでしょう？　それなら公爵から手紙を取り戻すしかないじゃない」

　アリスはしばらく考え込んでいたけれど、それしかないとわかったのか自分に納得させるように何度か小さく頷いた。

「……でも、どうやって？」

　その疑問は当然だ。そもそも公爵と会う機会など夜会に参加したときぐらいで、身分の違いもありこちらから声をかけることなどできるはずがない。ましてや手紙を返して欲しいなどと言えるはずもなかった。

　しかしリゼットは自信たっぷりに微笑んだ。

「私にいい考えがあるの」

「……いい考え？」

「ほら、私たち来月公爵家の仮面舞踏会に招かれているじゃないの。その時に公爵の書斎に忍び込んで手紙を探し出せばいいわ」

　公爵家からの招待の話は義姉から聞いていたが、兄が仮面舞踏会に難色を示していると言っていた。義姉に泣きついて、なんとか参加できるよう認めてもらうしかないだろう。

「つまり……公爵から手紙を盗むってこと？」

「人聞きの悪いことを言わないで。返してもらうって言ってよ」

リゼットは自分が貴族の令嬢らしからぬ行動に出ようとしていることを誤魔化《ごまか》すように、顔を顰《しか》めた。

結果的にふたりとも公爵家の仮面舞踏会に参加できることになったのだが、すぐに別の問題が持ち上がった。

アリスの父がレオンからの結婚の申し込みをすんなりと受けたために、公爵邸の仮面舞踏会にはレオンが婚約者としてアリスをエスコートすることになったのだ。

婚約者となれば夜会の間中ほぼ一緒にいることになり、手紙を取り戻すための戦力にはなりそうにない。結局アリスが兄たちの気を惹いている間にリゼットがひとり書斎に忍び込み手紙を探すことになったのだった。

親友アリスのために公爵の書斎に忍び込んだことは後悔していないけれど、フェリクスとの接触は何度考えてもリゼットの失敗だ。

リゼットはまだ少し速い鼓動を感じながら立ちあがると、そっと扉を開けて廊下の様子を窺った。

幸いフェリクスが探しにくる様子はなかったので、通りすがりのメイドに声をかけ気分が悪くなったので帰りたいと兄夫婦に伝言を頼んだ。

そのままフェリクスともアリスとも顔を合わせることなく伯爵邸へ帰ったが、そのあと数日は正体がバレて王宮から兵がやってくるのではないかと気が気ではなかった。

そしてどうやらフェリクスを騙《だま》すことができたらしいと安心したリゼットは、兄夫婦と共に王宮主催の夜会に出席した。

すでに兄たちと一緒に王陛下と妃殿下への挨拶は済んでいて、見渡した限り王太子フェリクスの姿はない。今夜の集まりは欠席するのだろうとホッとする。

やはり仮面越しでこちらの正体がわかっていないとしても、フェリクスと顔を合わせたら動揺してしまいそうで、さすがに夜会に出席するのは不安もあったからだ。

それにしてもあの時はよく機転を利かせて体調不良だと偽ることを思いついたと自分でも驚いてしまう。

あのまま舞踏室にいてフェリクスに見つかり捕まって問い詰められたらどうしようと、とっさに逃げ帰ることしか頭になかったが、手紙を取り戻したのをアリスに伝えられずじまいだった。

今夜の夜会の合間にアリスへ手紙を手渡すことができたらと、不安な気持ちを抑え込んで出席することにしたのだった。

やっとアリスに会えたのは宮廷音楽家たちの演奏が始まった頃で、アリスをエスコートしていたレオンに少しの間だけと断りを入れてふたりでテラスに出た。

このタイミングを逃すとふたりとも紳士たちにダンスを申し込まれて、ゆっくり話をするどころではなかったので、リゼットは安堵《あんど》しながら辺りを見回し人気がないことを確認した。

「この手紙で間違いないか確認してちょうだい」

リゼットは小物袋の中に忍ばせてきた手紙をそっとアリスに手渡した。

「ああ、これよ！　間違いないわ。リゼットありがとう！」

アリスは安堵のあまり感極まったのか、目を潤ませてリゼットの手を握りしめた。

「あの夜突然帰ってしまったでしょう？　もしかして誰かに姿を見られたのかと思ったけれど騒ぎになる様子もないし、あなたは無事なのかとハラハラしていたの」

「心配させてしまってごめんなさい。ちょっと……気分が悪くなってしまって、兄に頼んで屋敷に連れて帰ってもらったのよ」

フェリクスとのことを伝えたらアリスは気に病んでしまうだろう。リゼットは敢えて真実を口にしなかった。

「あなたが公爵様から手紙を取り戻す提案をしてくれたときはありがたいと思ったけれど、だんだん申しわけなくなってしまって……自分で取り戻すことができなかった、勇気のない私を許してね」

「仕方がないわ。もしあなたが自分で忍び込もうとしたとしても、レオン様が一緒にいるのに舞踏会から抜け出すことなどできなかったでしょう？　その点私は身軽ですもの。兄たちは私が抜け出したことにすら気がついていなかったわ」

兄や公爵に気づかれることはなかったが、フェリクスには見つかってしまった。そういえばフェリクスはなぜ公爵の書斎にリゼットが侵入したことに気づいたのだろう。

あの部屋で休むつもりだったのか、それともあの部屋で公爵と約束があったのだろうか。だとすると、あの場で公爵本人と鉢合わせをしてしまう可能性もあったということだ。

リゼットは今更ながら、自分が大胆なことをしてしまったのだと身震いした。

「私、どうして公爵様に手紙を書くなんて大それたことをしてしまったのかしら。その時は公爵様を素敵な方だと思ったら想いを伝えたくて仕方がなくなってしまったのよ」

「私にはわからないけれど、きっと恋ってそういうものなのじゃないかしら。義姉様は、恋は病と同じだって言っていたわ。その病にかかってしまうと周りが見えなくなって、正常な判断能力がなくなってしまうんですって」

「そうね。確かにあの時は公爵様のことしか考えられなくなっていたかも。でも今はレオンが戻ってきてくれて嬉《うれ》しいし、彼に結婚を申し込まれてとっても幸せよ」

そう言って微笑んだアリスは言葉の通り本当に幸せそうで、リゼットは少しうらやましかった。

自分もフェリクスに恋はしていたけれど、想いを伝えようと考えたことはなかったし、これからもそれはないだろう。

今もまだ彼に気持ちはあるけれど、見知らぬ女性に公爵のふりをして口付けたのだ。そんな男性のことをこれからも想い続けられるとは思えない。

今回の自分の向こう見ずな行動には反省すべき点もあるが、やはり女性の唇を奪うのは紳士としてあるまじき行為だ。

アリスと別れたリゼットはすぐに兄夫妻の元へと戻ったが、今日の目的は果たしていたので早く屋敷に帰りたくて仕方がなかった。

しかし仮面舞踏会に続き仮病を使うわけにもいかず、兄に許可を求めてきた紳士とダンスを踊って時間をやり過ごすしかなかった。

リゼットが兄夫婦にわがままを言えないのには理由があった。

兄夫婦が結婚したのは、両親が亡くなってすぐのことだった。リゼットの両親、前フォーレ伯爵夫妻は外国で事故に遭い残念なことになったのだが、当時すでにふたりの婚約は成立していた。

爵位を継いだ兄と義姉の実家が話し合い、喪が明けたら盛大な結婚式をすることになっていたのだが、突然うちわだけで簡単な式を行うことにしたと兄に言われた。

あとで乳母に教えられたのだが、義姉のソランジュが幼いリゼットの面倒を見たいからすぐにフォーレ家に移り住みたいと言ってくれたらしい。

喪中では華やかな結婚式もできない、それはあまりにも可哀想だと反対の声もあったようだが、ソランジュが頑として譲らず、両家のごくごく近しい親族だけが集まる簡素な式となった。

実際嫁いできたソランジュはまだ子どもだったリゼットを実の妹のように可愛がってくれ、自分が両親にしてもらったように家庭教師をつけて勉強させるだけでなく、自ら行儀作法や社交術を仕込んでくれた。

女性なら一生に一度の結婚式に夢を抱いているはずなのに、自身のことより両親を亡くしたリゼットを気遣ってくれたソランジュには今も感謝しかない。もちろん兄にも同様に感謝しており、いつもふたりに恩返ししたいと考えていた。

そんなこともあり、リゼットは率先して兄夫婦の子どもたちの世話を引き受けるようにしていた。

子どもの頃、兄夫婦が夜会や音楽会といった夜の集まりに出掛けてしまうと、やはり寂しいこともあったので子どもたちにはそんな思いをさせたくなかった。その気持ちは自身が成人しても変わらず、ついつい屋敷に残ることを選んでしまう。

もともと小さい子が好きだし、なにより子どもたちがリゼットの創作した物語を喜んで聞いてくれるのも嬉しかった。

物語を書き始めたきっかけも、子どもの頃兄夫婦がいない夜の寂しさを紛らわせるという意味もあった。最初は本を読むことが楽しかったが、あれこれ物語の先を想像したり、読み終わった本の続きを考えているうちに自分でも書くようになったのだ。

だから最初は自分だけのために書いていたし、誰かに見せる意図などなく、子どもたちの寝物語になんとなく読み聞かせていた。ある時ソランジュが本という形にまとめ親しい友人に配っているうちに、気づいたら一部で話題になっていたのだった。

最近では社交界で物語を話題にされることも多く、また子どもたちに続きをせがまれるので新しい話を書き始めていた。

いっそ物語の続きが書きたいから屋敷に帰りたいと言ってみてはどうだろうか。ダンスを終えたリゼットが兄の元へ戻ってそう考えたときだった。

「こんばんは、フォーレ伯爵」

背後で聞こえたフェリクスの低い声音に、リゼットはビクリと肩を震わせた。

「おや、今夜は妹君も一緒か」

あの書斎での出来事が一気に脳裏に蘇り、頬が熱くなるのを感じながらも、リゼットは振り返るしかなかった。

リゼットは赤くなった顔を見られないよう、俯《うつむ》いたままフェリクスに向かって膝を折った。

「こんばんは。今夜はお招きいただきありがとうございます」

仮面をしていたのだから気づかれるはずがないし、逆に赤くなっている方が不審に思われてしまう。そう自分に言いきかせるけれど、顔が紅潮するのを止めることができなかった。

「なかなかあなたの姿を夜会で見かけないから、先日も伯爵に体調が悪いのかと尋ねたんだ」

「お、恐れ入ります。体調には……問題ございません」

俯いたままそう答えたが、すぐに体調が悪かったと嘘をつかなかったのを後悔することになった。

「それならダンスに誘っても問題ないな」

フェリクスがそう言って手を差し出したのだ。

「え……」

フェリクスは驚いて顔をあげたリゼットに唇の端をあげて微笑むと、さらに手を伸ばしてきたので、リゼットは躊躇《ためら》いつつその手を取るしかなかった。

「伯爵、少しの間妹君をお借りするよ」

リゼットの事情を知らない兄は、フェリクスの申し出をふたつ返事で受け入れた。もちろん事情を知っていたとしても王太子からの誘いを断るなどできないが、リゼットはなんとか理由をつけてフェリクスから離れたくて仕方がなかった。

過去に一度だけフェリクスとダンスを踊ったことがある。大臣のひとりに声をかけられフェリクスに紹介されたのだが、その時は彼に誘われたわけではなく、あくまでも成人し

たばかりの令嬢を慣例として紹介するという形だった。

あの時のダンスからフェリクスに憧れていたけれど、今はその男性《ひと》に誘われてもときめくどころか、関わり合いになりたくなくて、どこかへすぐ逃げ出したい気分だ。

もちろん逃げ出すことなどできずにダンスフロアに連れ出されてしまったが、余計なことを言って気づかれてしまったらと思うと不安で、フェリクスに話しかけられても最低限の受け答えしかできなかった。

どうして突然自分のような者にダンスを申し込んだのだろう。

聞き慣れたワルツがいつもよりゆっくりに聞こえて、いつまでたっても曲が終わらない気がする。今日はなぜこんなにも一曲が長いのだろう。そう考えてしまうほど時間がのろのろと過ぎて、リゼットの不安は募るばかりだ。

やっと曲が終わりダンスフロアの端で立ち止まったときには、緊張しすぎてすっかり逆上せてしまっていた。

でもこれでやっとフェリクスから解放されると思うとホッとしてしまう。するとフェリクスが覆《おお》い被《かぶ》さるようにしてリゼットの顔を覗き込んできた。

「顔が少し赤いようだが、体調が悪いのでは?」

突然親しげに話しかけられてまた鼓動が速くなったが、間もなくフェリクスから解放されるという安堵から、素直に返事をしてしまう。

「大丈夫です。ここは、少し暑いようで……」

そう答えてから、体調が悪いと嘘をつけばよかったと後悔する。そしてフェリクスはリゼットがそう答えるのを待っていたかのように言った。

「それは大変だ。では少しテラスで涼もう」

「え」

フェリクスはそう言うとリゼットの返事も待たずテラスへと出てしまった。本来なら義姉に教え込まれている、男性とふたりきりにならない断り文句があったはずなのに、それを口にする隙もなかった。

テラスには誰もおらず、フェリクスはなにを考えているのかそのまま庭に繋がる階段を下りていく。舞踏室の明かりが遠のくにつれて心細くなってきて、リゼットは無理矢理立ち止まった。

「あの、殿下……私、兄たちの元に戻りませんと……」

そう言ってフェリクスから腕を離そうとするが、手首を摑まれて、半ば引きずるように庭園の奥へと連れていかれてしまう。

まさかどこか物陰に連れ込み不埒《ふらち》なことでもしようとしているのだろうか。書斎での出来事を思い出しサッと血の気が引くのを感じた。

彼はこれまでにもこうして女性を連れ出し、あの夜のようなことをしていたのだ。そう考えれば書斎で当然のようにリゼットの唇を奪い、淫らな手つきで身体に触れてきたのにも説明がつく。彼は年上の女性が好みという噂だったが、実際には女性なら誰でもよかったのだ。

とにかく今はここから離れて、兄の元まで逃げようと考える。いかに相手が王太子であろうと、兄だって妹に乱暴を働こうとした男性を許すはずがない。

「は、離してください！　お話なら……中でもできるはずです……！」

リゼットはそう叫ぶと、フェリクスの手から逃れようと摑まれた手首を振り払う。けれども手首に絡みついた指はびくともせず、逆に引き寄せられてもう一方の手で腰を抱き寄せられてしまった。

「いやっ！　助けて‼」

ジタバタと腕の中でもがくが、リゼットの華奢《きゃしゃ》な身体が自由になることはない。書斎の時よりも状況は悪い気がする。

どうしてこんな男性を一度でも素敵だと思ってしまったのだろうと過去の自分を問い詰めたくなるが、今はなんとかここから逃げることが先決だった。

あの夜と違うのは、今の自分には大きな声で人を呼ぶとか腕を振り払うという権利があることだ。王太子に恥をかかせて大騒ぎになることは間違いないが、非はふたりきりになるために若い娘を外へ連れ出したフェリクスにある。

「殿下、離してください。本当に叫びますよ‼」

そう叫んだリゼットの耳にフェリクスの低い声が響く。その言葉にリゼットは暴れることも忘れその場で凍りついたように動けなくなった。

「大きな声を出すんじゃない、侵入者殿。今人を呼んで困るのはあなただ」

「……っ‼」

〝侵入者殿〟、その言葉がグサリとリゼットの胸に突き刺さりビクリと肩を震わせてしまう。

はっきりとあの夜のことを言われたわけではないとすぐに気づいたが、明らかに動揺した様子を見せてしまった今、白を切り通すべきなのか判断に迷う。

「あなたが俺のことを好きだと言ったのだろう？　それなのにあんなふうに逃げ出したりして、どうしたのかと思っていたのだが、俺に会うのが恥ずかしいのだと気づいてこちらから会いにきてやったんだ」

「……」

鎌をかけられているのだろうか。あの夜の相手がリゼットかもしれないと思っている程度で、もしかしたら他の令嬢にも同じことをしているのかもしれない。

「あ、あの……なんのことをおっしゃっているのか……」

美しいアーモンド型の瞳で真っ直《ま》ぐ《す》に見つめられ、すべてを見透かされている気がして目をそらす。

あの時ジョフロワ公爵と間違っているふりをしていたのだから、彼がフェリクスだったとリゼットが気づいていたことを知らないはずだ。なんとか知らないふりを装うしかない。リゼットがそう考えたときだった。

「俺にキスをしたというのに忘れたというのか？」

その言葉にカッと頭に血が上る。確かに頬に口付けたけれど、そのあと無理矢理淫らなキスをしてきたのはフェリクスの方だ。

今の言葉では、まるでリゼットからフェリクスに破廉恥な行為をしたように聞こえてしまう。

「あ、あれは私からしたわけでは……ッ‼」

思わずそう言い返しそうになりハッとして口を噤《つぐ》む。もちろん今更そんなことをしても遅く、フェリクスの唇には勝ち誇ったような笑みが浮かんでいた。

「そうだった。唇へのキスは俺からしたんだったな」

「……っ」

鎌をかけられていると気づいていたはずなのについ言い返してしまったことが悔しい。でも、まだ最初からフェリクスだと知っていたことには気づかれていないはずだ。

「あ、の……あの夜書斎にいらしたのは……」

あまり詳しく話すとぼろが出そうで、リゼットはあやふやに呟く。しかしそれが困惑しているように見えたのか、フェリクスが呆《あき》れたように溜息をついた。

「あの夜書斎であなたにキスをしたのは俺だ。あなたは叔父だと思い込んでいたようだが」

「……」

なにも答えられないリゼットの前で、フェリクスは再び溜息をつく。

「あの夜は騙されたふりをしてやったが、まさかまだ若いあなたが本気で叔父を好きだなんて言わないだろう？　叔父の書斎に忍び込んだ本当の理由はなんだ？」

「……」

「誰かに頼まれたのか？　理由があるなら話してくれ。悪いようにしないと約束する」

先ほどまで鋭かったフェリクスの口調が少しだけ和らいだ気がして、俯いていたリゼットは視線をあげフェリクスを見上げた。

鳶色の瞳は真っ直ぐにリゼットを射貫《いぬ》いていて、真実を見据えようとしている。彼に本当のことを伝えたらどんな顔をするのかと一瞬想像して、すぐにそれを打ち消した。

まだフェリクスがなにを考えているのかがわからない。優しくすると見せかけて本当のことを聞き出そうとしているだけだと考えた方が正しいだろう。

それに真実を口にしたら、アリスのことが公になってしまう危険もある。恋の熱に浮かされ軽はずみなことをした令嬢がいたらしいと、匿名の伝聞程度の噂で済むならいいが、万が一それを聞いたベジャール侯爵と婚約解消となってしまっては大変だ。

それに今の話の流れだと、フェリクスは相手がリゼットだと気づいていてあんな淫らなキスをしたのだ。ほとんど付き合いのない女性にそんなことをする男性を信用するなんてどうかしている。

「リゼット、本当のことを教えてくれ」

初めて名前を呼ばれ、ドキリとして胸がキュンと苦しくなった。彼に名前を呼ばれるだけでこんな反応をするなんて、自分はどうしてしまったのだろう。

ついさっき書斎にいたことを言い当てられたときよりもドキドキして、胸が苦しい。早く彼のそばから離れないとおかしくなってしまいそうで、リゼットはアリスの名誉を守るためにも早口で言うとフェリクスから視線をそらした。

「わ、私は公爵様をお慕いしているだけで、なにも悪いことはしておりません」

頑《かたく》なにそう言い続けるしかないとわかっているのに、彼に嘘をつき続けなければならないことに胸が痛くなる。

あの場にいたのがリゼットだったという物理的な証拠はないのだから、否定し続けるしかない。リゼットは必死に自分を励ましたけれど、なぜか手首を摑んでいた指の力が強くなり、あまりの痛みに顔を歪《ゆが》ませた。

「で、殿下……痛い、です……」

思わず顔を顰めてフェリクスを見上げると、鳶色の光が真っ直ぐにこちらを見下ろしていた。

辺りが暗いせいでフェリクスの細かい表情まではわからないが、もともと冷ややかだったその場の空気がさらに冷たくなった気がして、リゼットが無意識にブルリと背筋を震わせたときだった。

「あなたがそういう態度なら、しばらく王宮に滞在してもらうしかないな」

「……は？」

なにを言っているのだろう。目を見開いたリゼットの前でフェリクスがニヤリと唇を歪める。

「来るんだ」

フェリクスはそう呟くとリゼットを引きずるようにして庭園を横切り、舞踏室とは違う部屋の窓を開けリゼットを中へと引き込む。

そのまま立ち止まらずに部屋を通り抜け回廊に出ると、リゼットを引きずりながらさらに歩いて行く。

「ま、待って……！」

回廊は迷路のようだし、どこに連れて行かれるかわからない恐怖からリゼットはパニックになった。

「ど、どこに行くのですか⁉」

フェリクスが速歩で歩くからすっかり上がってしまった息の合間から問いかけると、とんでもない言葉が返ってきた。

「君を王宮に拘束する」

「ええっ⁉」

「この国の政治の中核を担う叔父の部屋に忍び込むなんて君にはスパイの疑いがある。じっくり話を聞かせてもらおう」

フェリクスはそう言い切るとあとは無言で回廊を歩き続け、リゼットを王宮の中の一室に閉じ込めてしまった。

3

スパイの疑いで拘束されると言われたとき、牢《ろう》にでも入れられるのだと思ったが、実際には居心地のいい客間に連れていかれて、狐《きつね》にでもつままれた気持ちで豪奢な部屋の中を見回した。

部屋の中は大きなベッドに応接セット、ふたつある扉はバスルームとクローゼットに通じていて、この室内ですべてが事足りるように作られている。

窓には厚手の深緑色のカーテンと上質なレースのカーテンが掛かっており、その色合いも上品だ。ベッドサイドには花瓶と水差しが置かれていて、室内はいつでも客人を迎えられるように整えられていた。

フェリクスは先ほど、

「明日の朝からじっくり話を聞かせてもらおう」

そう言って部屋を出ていってしまった。呆然《ぼうぜん》としているところに数人の女官たちが入ってきて、リゼットの世話を担当すると言われ困惑してしまった。

「私はこちらの女官たちの責任者でミシアと申します。王太子殿下より、リゼット様の身の回りのお世話をするように言いつかっております。どうぞ何なりとお申し付けください」

リゼットより少し年上と思われる女官たちはみんなお揃《そろ》いの濃紺のドレスに真っ白なエプロン姿だが、ミシアと名乗った女官長だけはひとりグレイのエプロンを身に着けている。責任者というだけあってひとりだけ飛び抜けて年齢が上のようで、義姉のソランジュと同じ三十代に手が届く年頃に見えた。

ついさっきまでフェリクスに拘束すると言われ怯えていたリゼットはたくさんの女性の姿にホッとしてしまった。しかし突然こんなところに連れてこられて、自分がどうなってしまうのか不安でたまらなかった。

「リゼット様には、今夜はこのお部屋でお休みいただくようにと承っております」

ミシアはそう言うと、他の女官たちに指示を出し着替えやらなにやらとリゼットの世話を焼く。

女官たちの態度を見る限り罪人として扱われているようには思えないけれど、フェリクスはスパイの疑いがあるから拘束すると言ったのだ。フェリクスの言葉とこの待遇の違いに困惑してしまうのは当然だろう。

そもそも突然舞踏室を抜け出してしまい、兄夫婦が心配しているのではないだろうかとか、すでにリゼットが拘束されたことが貴族の間で話題になっているのではないかとか不安は募る。もしそんなことになったら兄に大変な迷惑をかけてしまう。

それにアリスがこの話を耳にしたら、自分に関わりがあることだと気づき責任を感じてしまうかもしれない。せめて兄やアリスにだけでも事情を説明したかったが、こうして女官に囲まれているというのは、監視の意味もあるのだろう。

彼がどういうつもりでリゼットをここに連れてきたのか真意はわからないが、今夜は夜会で忙しいから、とりあえずリゼットを閉じ込めておき、明日の朝から厳しく追及するつもりなのかもしれない。

明日どんなふうに追及されるかはわからないが、深く謝罪してなんとか穏便に済ませてもらえるように頼むしかない。

今夜最後に目にしたフェリクスの不機嫌な顔を思い浮かべ、不安を感じながら床についたがほとんど眠ることはできなかった。

うつらうつらするものの、浅い眠りの中ですぐにフェリクスに糾弾される夢を見てしまい、恐怖で目覚めるということを繰り返しているうちに朝を迎えていた。

朝も時間を見計らったミシアと女官たちに着替えや朝食の世話をされたが、その間中いつフェリクスが姿を見せるのかと不安でたまらなかった。しかしリゼットの不安をよそに侍従を通してフェリクスに呼び出されたのは、お昼を回ってからだった。

案内されたのはリゼットの客間からそう遠くない部屋で、個人の居間なのか、大きな革張りのソファーにフェリクスが腰掛けていた。

窓のそばの大きな執務机には書類がたくさん積み上げられていて、ちょうどふたりが出会った公爵の書斎のようだった。

「リゼット様をお連れしました」

フェリクスは侍従の言葉に軽く頷くと、手を振って下がらせた。

今日のフェリクスは上着を羽織らず白いシャツ一枚というラフな服装で、正装している姿しか見たことのないリゼットはその姿にドキリとしてしまう。

タイもせず襟元のボタンが開けられているせいか、わずかに見える素肌が妙に生々しく、いつもとは違う色気のようなものを感じ、胸が高鳴るのを止めることができなかった。

「いつまでそこに立っているつもりだ」

フェリクスの言葉にいつの間にか彼に見蕩《みと》れていたことに気づいたが、自分がどんな罪に問われているかわからない以上、勧められてもいないのに座ることなどできない。

「あの、殿下がお呼びだと聞いて」

「そうだ。話をするのだから早く座れ」

当たり前のことを言うなという苛立たしそうな態度に、リゼットは慌ててフェリクスの向かいに腰を下ろした。

「そんなところに座るんじゃない」

フェリクスの表情がさらに険しくなり、リゼットは弾かれたように立ちあがった。

「も、申しわけございません！」

座れと言ったり座るなと言ったりどうしろというのだろう。困惑するリゼットの前で、フェリクスは自分の隣をポンポンと叩《たた》いた。

「……」

フェリクスの仕草の意味がわからず首を傾げると、痺れを切らしたようにフェリクスが言った。

「いつまでそこに立っているつもりだ。早くここに座れ！」

その口調の強さに、リゼットは震え上がって彼の隣に腰を下ろした。しかし王太子の隣に腰を下ろすなど畏れ多すぎて、リゼットはできるだけ離れようとソファーの端に身体をピッタリと寄せる。

すると腕を摑まれて、フェリクスの真横まで引き寄せられてしまった。

膨らんだスカートを押し潰すほど近くにフェリクスの足があり、身動《みじろ》ぎするとリゼットの太股《ふともも》に男性の硬い足の感触が伝わってくる。

どうしてこんなに近くに座らなければならないのかわからないし、なにより異性と身体が触れあうほど近くで会話したこともない。

いくら王太子の命令だとしても、これはマナーとして間違っているのではないだろうか。リゼットが疑われていることを知らない人が見たら、ふたりが親密な関係に見えてしまうだろう。リゼットがそう考えた瞬間、ノックの音と共に数人の女官がお茶やお菓子を手に部屋に入ってきた。

「あ！」

誤解されないようフェリクスから距離を置こうと腰を浮かせたが、腕を掴まれたままで立ちあがることができない。

女官たちがふたりの距離を気にしているような気がして、リゼットは恥ずかしさに頬が熱くなっていくのを感じた。

もともと書斎でフェリクスにキスをするように言われるまでは、彼のことを好ましく思い憧れていたのだ。そうでなくても男性に慣れていないリゼットには彼とふたりきりだというだけでも気持ちが落ち着かなくなる。

するとフェリクスはそんなリゼットの様子に気づいているのか、女官たちがティーセットを並べている前で小さな手のひらを掴み、指を絡ませてきた。

「……っ！」

本当なら許可もなく手を握られたのだから、振り払うなり怒ってもいいのだが、相手は王太子で女官たちの前でそんなことをしたら彼に恥をかかせることになってしまう。

握られた手は火傷《やけど》しそうに熱く感じるし、鼓動はいつもより大きな音を立てている。どうしたらいいのか逡巡《しゅんじゅん》しているうちに女官たちはお茶の支度を終えてしまう。

「他になにか必要なものはございますか?」

「いや、いい。こちらから声をかけるまで誰も近づかないように」

「かしこまりました」

リゼットは女官たちがしずしずと出て行く後ろ姿を、助けを求めるように見つめてしまったが、扉は無情にも閉まり再びフェリクスとふたりきりになってしまった。

「さて」

そう言ってフェリクスが手を握ったまま身体の向きをリゼットの方へ変える。

鳶色の瞳が頭のてっぺんから順番にリゼットの姿を子細に確認していく。まるでこれからどう料理してやろうかと値踏みされているような気がして居たたまれない。しかしフェリクスから出てきたのは予想外の言葉だった。

「よく似合っているな」

「……え?」

なんのことかわからずしばらく考え、それは身に着けているドレスについてだと気づき慌てて頭を下げた。

「女官にこれを着るように言われたのですが、殿下がご用意くださったのですか? ありがとうございます」

夜会服と小さな小物袋ひとつで閉じ込められてしまったから、夜着から今着ているドレスまですべて女官が出してくれたものを身に着けている。

淡いピンク色のドレスには濃い色目のリボンがふんだんに編み込まれていてとても可愛らしい。好んでピンク色のドレスを身に着けることが多いリゼットは、着替えの時にドレスを目にして一瞬だけ不安な気持ちが払拭されたのを思い出した。

今朝は朝食も用意してもらったし、スパイとして疑われているのに扱いは賓客のようだ。一応は貴族令嬢だからひどい扱いはしないという意思表示なのかもしれないが、昨夜リゼットを閉じ込めようとしたときの剣幕《けんまく》を思えば意外だった。

「このドレス姿で仮面をつけたらあの夜と同じだな」

その言葉にわずかに緩んでいた気持ちに冷や水でも浴びせられたような気分になった。

確かに仮面舞踏会の夜、リゼットはピンク色のドレスを身に着けていた。それを思い出させようとしてこのドレスを用意したのだ。

「リゼット、そう呼んでもかまわないか?」

自分より身分の高い男性に許可を取られると思っていなかったリゼットは小さく頷いた。

「どうぞお好きにお呼びください」

「ではリゼット、あの夜叔父の部屋に忍び込んだ本当の理由を聞かせてもらおうか」

「本当の、理由……」

まるですべて知っているとでも言いたげな口調に不安になるが、問い詰められたとしても証拠はなにもないのだと思い直す。

手紙は昨夜アリスに渡していて手元にないから証拠はないのだ。このまま白を切り通すしかない。

「あの……昨夜も申し上げましたが、公爵様を」

「それが信じられないから本当のことを言えと言っているのだ」

強い口調で問い詰められ、涙が滲んでくる。

「そんな……う、嘘など……」

そう口にした声も震えてしまう。どうして公爵の部屋に忍び込むなんて大それたことを考えてしまったのだろうと、過去の自分が恨めしくなる。

「も、もぉ……二度といたしませんので、お許しください」

そう呟いて俯くと、リゼットの目尻から涙がポロリとこぼれ落ちスカートに染みを作った。

もう二度とここから出ることはできないのだろうか。フェリクスだっていつまでも客人のように扱ってくれるとは思えないから、このまま嘘をつき続けていたら、今度こそ牢に入れられるかもしれない。

兄夫婦や甥姪たち。アリスにも二度と会えなくなるかもしれない。そう考えるとさらに涙が溢《あふ》れてきてしまい止まらなくなってしまう。

「……ううっ……っ」

「ど、どうして泣くんだ！」

頭の上の方でフェリクスの狼狽えた声が聞こえたけれど、リゼットは握られていた手を引き抜いて顔を覆う。フェリクスに泣き顔を見られるのが恥ずかしかったからだ。

「な、泣くんじゃない！　俺は本当のことを聞きたいだけで、あなたを泣かせたいわけじゃ……ほ、ほらこれを使え！」

そう言って手の中に滑り込まされたのは真っ白なハンカチーフだった。

「……」

「そ、そうだ、甘いものでも食べたら気分がよくなるんじゃないか」

フェリクスは手を伸ばし、テーブルに並べられていた皿のひとつから、薔薇《ばら》の形をしたチョコレートを摘まむ。

「ほら、口を開けろ」

驚きすぎて素直に口を開けると、口の中にチョコレートが押し込まれた。

「ん」

口の中に入ったとたんにチョコレートはとろりと溶けて、独特の香りが鼻腔《びこう》へと抜けていく。

「……美味《おい》しい」

思わずそう漏らすと、フェリクスがホッとしたように微笑んだ。

「気に入ったか」

こっくりと頷くと、フェリクスはチョコレートをもうひとつ取ってリゼットの目の前に差し出す。

「女性は皆チョコレートが好きなのだろう？」

ひとつ目は突然のことで口を開けてしまったが、さすがに何度も王太子に手ずから食べさせてもらうのは畏れ多くて、リゼットは首を横に振った。

「あの、チョコレートは大好きなのですが……自分で食べられます」

「いいから口を開けろ。俺はあなたのように嘘をついたり隠しごとはしない。ただあなたに食べさせたいだけだ。それとも、あなたにやましい気持ちがあるから俺に毒でも盛られると思っているのか？」

そんな言い方をされたら、逆に毒でも入っているのではないかと不安になってしまう。しかしそこまで言われて拒否することもできず、リゼットはスパイ容疑を払拭したくて口を開けた。それがフェリクスから見ていかに無防備な姿に見えるかまでは想像できなかった。

「……ん」

先ほどと同じように、チョコレートは口の中に入れたとたん蕩《とろ》ける。ふたつ目のチョコレートの中にはナッツのペーストが練り込まれていて香ばしい風味が口いっぱいに広がった。

もちろん伯爵家でもお茶の時間にチョコレートが出てくるが、こんなにも舌触りがよく蕩ける食感のものは初めてだった。

思わず無心に味わっていると、ふとフェリクスの指先が溶けたチョコレートで汚れてしまっていることに気づいた。

「あ……」

リゼットの視線に気づいたフェリクスは唇を歪めると、視線はリゼットを捉えたまま、ゆっくりとその指を舐めた。

「……っ‼」

濡れた赤い舌の艶《なま》めかしさにドキリとして、小さく息を呑む。リゼットの脳裏に仮面舞踏会の夜フェリクスにされた淫らな行為が浮かんできて、カッと頬が熱くなった。

あの夜突然唇を奪われ、ドレスを乱されてしまった記憶がまざまざと思い出されて、居たたまれなくなる。あんなことがあったのに簡単に手を握られてしまうほど近くに座るなんて軽率すぎると自分を叱りつけたかった。

「リゼット、顔が赤いぞ」

なにを想像しているのかわかっているかのように顔を覗き込まれて、リゼットはパッと顔を背けた。

「なんでもございません……」

「そうか？　それなら」

フェリクスは再びチョコレートを摘まんでリゼットの口の前まで運ぶ。

「まだ食べられるだろう？」

二度も手ずから食べさせられるという行為をされると慣れてしまうのか、リゼットは反射的に口を開ける。するとチョコレートは唇にわずかに触れただけで、口の中に入ってくることはなかった。

「……？」

リゼットがわずかに首を傾げフェリクスを見上げると、唇が楽しげにニヤリと歪んだ。

「食べたいだろう？」

困惑して反応できずにいるとフェリクスが勝ち誇ったように言った。

「これを食べたかったら本当のことを言うんだ」

「……」

フェリクスが意図していることに気づいて困ってしまう。いくら好きだったとしても、大人の女性がチョコレートひとつで言うことを聞くはずがない。フェリクスはリゼットのことをずいぶん子どもだと思っているらしい。

「あの……もう結構ですので」

突然淫らなキスをしてきたり、こんなふうに機嫌をとるかのように接してきたり、フェリクスは不思議な男性だ。

普段は年上の女性と付き合っているから、リゼットのような若い令嬢が子どものように見えているのかもしれないが、チョコレートで釣ろうとするなんて、こんな時でなければクスクスと笑い出してしまっただろう。

リゼットがわずかに唇を緩めると、突然隙間からチョコレートを押し込まれてしまう。

「んぅ！」

溶け始めたチョコレートがぬるりと唇を汚しながら口腔で溶ける。今度はベリーのクリームが包みこまれていて、口の中に甘酸っぱい味が広がっていく。

フェリクスの指は再びチョコレートで汚れてしまっていて、どうするのかと見つめていると唇の前に指を差し出される。

「舐めて」

「……え？」

「あなたが早く食べないから溶けたんだ。ちゃんと最後まで食べるんだ」

無理に食べさせようとしたのはフェリクスなのに、そんな理屈はおかしい。ナプキンで指を拭えばいいだけだとわかっているのに、艶めいた眼差しで見つめられ、リゼットは誘われるように唇を開いてしまう。心臓が頭の中まで響いてくるほど大きな音を立てているのを感じながら、ゆっくりと濡れた舌をフェリクスの指に這《は》わせた。

「……っ‼」

舌先がフェリクスの指に触れたとたん、ピリッと痛みにも似た痺れが走る。思わず舌を引っ込めると、長い指が口腔に押し込まれてしまう。

「ん……ぁ」

「そのまま舐めて」

言われるがままに唇を窄《すぼ》めるようにして、フェリクスの指の形を舌でなぞる。口の中より少しだけ冷たかった指が、すぐにリゼットの体温に馴染《なじ》んでいく。

「ん、ふ……」

汚れていたのは指先だけなのに、長い指の中程までを咥えさせられ、教えられてもいないのにチュッと吸うととても甘い。

それはチョコレートの甘さではなく人肌の甘さだと気づいた瞬間、リゼットの背筋をゾクゾクとした刺激が駆け抜けた。

たとえ強要されたとしても淑女がすることではない。フェリクスはそんなはしたないことをするリゼットのことをジッと見つめていて、放恣な様を見られているという背徳感がリゼットの体温を上げた。

ちゅぷりと音を立てて唇から指が引き抜かれる。

「美味《うま》いか？」

「はぁ……」

リゼットが小さく息を吐き出すと、フェリクスが唾液で濡れた指を舐めた。

恥ずかしすぎて味などよくわからないが、視線はリゼットの唾液で濡れた指を舐めるフェリクスを追ってしまう。

「俺にもひとつくれないか……いや、俺はこっちがいいな」

そう呟くと、フェリクスの腕がリゼットの細腰を引き寄せ、気づくと舞踏会の夜のように唇を奪われていた。

「ん……」

すでに緩んでいた唇から熱を持った舌が入ってきて、そのままソファーの背もたれに身体を押しつけられる。

指よりも柔らかくて熱い舌が口腔に吸いつくように這《は》い回《まわ》り、触れられていない肌が粟《あわ》立《だ》っていくのを感じた。

初めて口付けられたときは驚いたけれど、今はフェリクスのキスが蕩けてしまいそうな

ほど甘いことを知っている。

　あの夜公爵の部屋に忍び込んだことやフェリクスとふたりきりになってしまったことを何度も悔やんだのに、それと同じぐらい彼との口付けを思い出してしまいそんな自分が恥ずかしくてならなかった。

　濡れた唇の淫らな感触が忘れられず、もう一度フェリクスと口付けたらどんな気持ちになるのか想像したこともあった。そして二度目のキスは想像以上に甘くて、身体の芯まで痺れてしまうようなキスだった。

「美味しかった」

　まだわずかに唇が触れあうような距離でフェリクスが呟く。

　まるでチョコレートを味わったかのような言葉だが、口の中に残っていたのはわずかで、ただ口付けをしたかっただけのように思える。

「今のは……」

　ただのキスだ。そう言おうとして口を噤む。

　〝キス〟という言葉を口にしたら、彼と口付けたことを肯定してしまうような気がしたのだ。実際キスをしたし、その甘さにうっとりしてしまった自分がいるのだが、それを認めたくなかった。

「ど、どうしてこんなことをなさるのですか」

リゼットがスパイかどうか見極めたいのなら口付ける必要などない。

男性の中には好意のない女性でも口付けたり、それ以上の関係を持つのに抵抗がない人もいると耳にしたことはあるが、フェリクスがそんな男性だったのだと思うとがっかりする。

するとフェリクスは不快げに眉を寄せた。

「……わからないのか？」

なぜそんなことを尋ねるのだと言いたそうな苛立たしげな口調に、一瞬自分の方が間違っているのではないかという気持ちにさせられてしまう。

「あの……」

「あなたは舞踏会の夜、叔父のふりをした俺のことを好きだと言った。俺を好きだからキスをしたのだろう？」

「あ、あれは……」

確かに、あれが本当の公爵だったら、たとえ頬だったとしても口付けたりはしなかった。しかしフェリクスに憧れていたことを口にするわけにはいかない。もしそれを口にしてしまったらアリスのこともすべて話さなくてはいけなくなる。

「本当に俺だと気づいていなかったのか？」

核心を突く問いにギクリとして、リゼットの心臓が大きく跳ねた。視線を合わせたら本心を見抜かれてしまいそうで、リゼットはサッと視線をそらした。

「……も、もちろんです。そうでなければ、あの部屋に忍んでいく理由などありません」

こんなに何度も伝えているのに、自分はそんなにも疑わしく見えるのだろうか。それにフェリクスは二言目にはスパイだと疑うが、自分のような一介の貴族の娘がそんな大それたことをこなせるわけがない。

聡明《そうめい》な彼がそれに気づかないはずがないのに、どうしてそこまで拘《こだわ》るのだろう。もしかしたら本当にスパイらしき人物がいて、彼がそれを探しているということはないだろうか。

そうだとすれば、たまたま公爵の部屋にいたリゼットを疑うのも納得できる。

「では尋ねるが、あなたは本当に叔父上が好きなのか？　いくら仮面をつけていようと俺なら絶対に好きな相手を見間違えることはない。好きな男を間違えるなんて、あなたの想いはその程度のものじゃないのか？」

「……」

「叔父上の部屋に忍び込んだ本当の理由はなんだ」

「も、もうお許しください。私は何度も公爵様が……」

「チッ」

リゼットがすべてを言い終える前に舌打ちをすると、フェリクスはリゼットの手首を摑み、そのままソファーの上に押し倒してきた。

「あ」

「あなたの雇い主は誰だ」

フェリクスは片手で易々《やすやす》とリゼットの両腕を摑むと、頭の上でひとまとめに押さえつける。射貫くような眼差しで見下ろされて、心臓がギュッと摑みあげられたように痛い。

──雇い主などいない。それに本当は公爵など好きではない。そう口にできたらどんなに楽だろう。

しかしそれを口にできないリゼットは、恐ろしさに震える唇をキュッと引き結んだ。

「本当のことを言うなら悪いようにはしない。俺はただあなたのことが……」

「で、ですから私はスパイではありません！」

リゼットは悲鳴のような声で叫んだ。

「……ッ‼」

フェリクスの眼差しが一瞬矢のように鋭くなり、次の瞬間リゼットの唇は覆い被さってきたフェリクスのそれに塞がれていた。

「……んぅ……！」

その口付けには先ほどのような甘さはない。ただリゼットを傷つけるだけの、フェリクスの嗜虐《しぎゃく》心を満足させるだけの乱暴なキスだ。

貪るとか征服するという言葉がぴったりで、彼が力でリゼットをねじ伏せようとしていることが伝わってくる。

　息苦しさに涙が溢れて、とうとうリゼットがむせ返《かえ》ってしまったのを見て、やっとフェリクスの唇が離れた。

「ゴホッ……ゴホッ……！」

　フェリクスはリゼットを抱き起こしポケットからハンカチを取り出すとリゼットの手に押しつけ、もう一方の手で背中を撫でた。

　その手つきはたった今までのことなどなかったように優しくて、もうなにが本当なのかわからずリゼットは涙目でフェリクスを見上げた。

「ここまでされても言わないつもりか。貞操をかけてまであなたが守らなければいけないものはなんなのだ」

「……」

　一瞬だけ鳶色の瞳が傷ついているように見えてドキリとする。しかしリゼットは傷つけられているのは自分の方だとすぐにその疑いを頭の中から追い出す。

　そしてリゼットはフェリクスが求めているのとは違う言葉を口にした。

「お願いでございます。私を……屋敷に帰らせてくださいませ」

　そう言ったとたん、予想外に眦《まなじり》からポロリと涙が零れた。

　泣き落としなどするつもりはなかったが、彼が信じてくれないことも、憧れていた人にこんな乱暴なキスをされたことも、家族に会えないこともすべてが悲しかった。

フェリクスはしばらくリゼットを見下ろしていたが、やがてプイッと顔を背けソファーから立ちあがる。誘われるように視線をあげたリゼットに背を向けるとそのまま部屋を出て行ってしまう。

「……」

ひとり部屋に置き去りにされたリゼットはヒリヒリと熱を持つ唇に触れた。

最後のフェリクスはひどく怒っていたように思える。しかしアリスのことを考えたらあれ以上はなにも言えないし、ただスパイではないと繰り返すしかできなかった。

フェリクスにスパイだと疑われるたびに胸が切りつけられるように痛くて、そのたびに泣きたくなった。こんなにも傷ついてしまうのは、彼に恋している自分が彼にだけは信じて欲しいと感じているからだろう。

この部屋にやってきたときはなんとかフェリクスに理解してもらおうと思っていたが、とりつく島がないのは、今の彼の態度を見れば明らかだ。

「どうしたら……」

リゼットは途方に暮れてフェリクスが出て行った扉を見つめることしかできなかった。

4

王宮の一室に閉じ込められてから数日、フェリクスはリゼットの前に一度も姿を見せなかった。

女官長《ミシア》をはじめとした女官たちがつきっきりで世話を焼いてくれるから困ることはないのだが、いつまでこの場に留《とど》まらなければならないのか見通しも立たずに不安は募るばかりだ。

しかしそのおかげで女官たちとは仲良くなった。若い女官たちとは年も近いので流行のドレスや髪型の話をしたり、ミシアは退屈しのぎの本を用意してくれたり、部屋から一歩も出られないことと今後の不安さえ感じなければなかなか快適だった。

女官という立場だからでもあるのだが、彼女たちはなぜリゼットが王宮に滞在しているのかも知らないし尋ねてもこないのも気楽だった。

先日フェリクスの部屋で執拗《しつよう》に問い詰められたことが応えていた。またああして何度も問い詰められたら、いつまでもアリスのことを隠し通せないのではないかと心が折れかかっていたので、他愛《たあい》ないおしゃべりはリゼットの心を軽くした。

しかし話し相手がいるといってもやはり退屈と不安はつきまとっていて、いつも頭の片隅にはモヤモヤしたものが巣くっていた。いつフェリクスが現れるのか、今度はなにを言われるのか心配でたまらない。早く屋敷に戻るためにはフェリクスと対峙《たいじ》するしかないのだが、その瞬間が来るのが怖くてたまらなかった。

そんな中、ミシアがリゼットのためにたくさんの紙とペンを部屋に運んできた。

「リゼット様は物語を書かれる方だと伺っております。よろしければ退屈しのぎにお話を書かれたり、王宮での出来事を日記として書き残してはいかがです？」

書くことが好きなリゼットは喜んでそれに飛びついた。

スパイ容疑のことを差し引けば王宮での生活は物珍しく、あとで甥姪に話してやったり、物語の参考にできたらと考えていたのだ。

高位の女官は、相手が求めているものを素早く見極めて叶えるという観察眼を備えているのだろう。ミシアの優秀さがありがたかった。

そうして退屈と不安を紛らわせていたが、ある朝目覚めると早々にベッドから追い立てられて、朝食もそこそこに豪奢なドレスやアクセサリーで飾り立てられると、王宮に閉じ込められて初めて外へと連れ出された。

女官たちに案内されたのはリゼットにも見覚えのある王宮内の庭園で、その飾り付けを見て今日がなんの日であるかを思い出した。

この騒動ですっかり忘れていたけれど、年に一度貴族の子弟たちを招いて行う園遊会の日で、当然フォーレ伯爵家の子どもたちも招かれており、本来ならリゼットも付き添いとして参加する予定だった。

もしかしてフェリクスは家族の元へ帰してくれるつもりなのだろうか？　それならずっと閉じ込めたりなどせずに早々に帰らせて欲しかったが、今はそれよりも家族に会えるかもしれないという方に意識が向いていた。

家族を探すため、庭園に踏み出そうとしていたリゼットの手を誰かが摑む。ハッとして顔をあげると、それは予想通りフェリクスしかおらず、略式礼装を身に着けた姿にハッと息を呑んだ。

身に着けている濃紺のジャケットは金糸で縁取られてはいるがシンプルなもので、肩章《エポーレット》などの飾りを省き丈が短い。もともとスタイルのいい男性だが、より足が長くすっきりと見える。

フェリクスに疑われているというのに、その一瞬だけは彼の姿に胸がときめいてしまう。

「待たせたな。行こう」

そう言って手を差し出したフェリクスはまさしく物語に出てくる王子様そのもので、リゼットはドキドキしながら彼の手を取った。

どうやら園遊会にエスコートをしてくれるらしいが、拘束しているリゼットを連れ出すのは、やはり家族の元へ戻すという意味なのだろうか。

そもそも家族はリゼットが拘束されている理由を知っているのか、園遊会に参加するのを知っているのかも謎だ。

隣を歩くフェリクスの横顔を見上げながらそんなことを考えたときだった。フェリクスがわずかに顔を傾けリゼットの耳に唇を近づけた。

「家族の前で余計なことを話すんじゃないぞ。質問には俺が答えるから、あなたは俺の言う通りだと笑顔で頷いていればいい。わかったな？」

念を押すような言葉を囁かれ、浮き足だっていた気持ちが沈んでいく。一瞬だけ彼の麗しさのあまり自分が疑われていることを忘れていたが、フェリクスにとって自分はあくまでも疑わしい人物で信用されていないのだ。

彼の言葉から、家族にはスパイ容疑で拘束されていると伝えられていないようだが、ますます彼の意図がわからなくなってくる。

でも屋敷に帰らせてくれるというのなら、こちらにだって後ろ暗いことがあるのだから、王宮で起きたことは絶対に人に話したりしないと誓う。だから安心して家族の元に戻して欲しい。リゼットがそう口にするよりも早く、甲高い声が遮った。

「リゼットお姉様！」

「お姉様だ‼」

懐かしい声に視線を向けると、甥のニコラと姪のクロエ、そして姉の手にぶら下がった末っ子のニナがピョンピョンと跳ねながら近づいてきた。

まだ六つになったばかりのニナがクロエの手を離し、リゼットのスカートにギュッとしがみつく。

「おねえさま、きれい」

にっこりと笑顔で見上げられて、その愛らしさと懐かしさに涙が滲んできてしまう。

屋敷から離れてまだ数日なのにと言われてしまいそうだが、甥姪たちが生まれてからこんなに長く離れて過ごしたことはなく、子どもができたらこんなにも愛《いと》しいのかと思うぐらい可愛がっていたリゼットは胸がいっぱいになった。

「殿下、本日はお招きありがとうございます」

当たり前だが礼儀をわきまえているフォーレ伯爵は、久々に再会した妹よりもフェリクスに声をかけた。

「ああ、伯爵。今日は来てくれて嬉しいよ。リゼット嬢も喜ぶだろう」

フェリクスはそう言うと、リゼットに眩《まぶ》しいぐらいの笑顔を向けた。

まるで愛しいものでも見るような優しい眼差しにドキリとしてしまったが、その変わりように彼がなにかを企《たくら》んでいることに気づいた。しかしそれがなんなのかまではわからず、リゼットはフェリクスの笑顔に戸惑いつつも微笑むしかなかった。

「あなたたち、殿下の御前《ごぜん》ですよ。まずは私ではなく、王太子殿下にご挨拶をするべきでしょう？」

リゼットが促すと、十四歳のニコラと十一歳のクロエはそれぞれお行儀よくフェリクスに頭を下げた。

子どもたちを集めての園遊会だから無礼講であることはあらかじめ周知されているが、ここできちんとした礼儀作法を学ぶのも貴族として必要なことだった。

ニコラとクロエの隣で、まだ六歳のニナも可愛らしく頭を下げる。あまりの可愛らしさにリゼットが微笑むと、フェリクスがニナの顔を覗き込むようにして身を屈《かが》めた。

「やあ、可愛らしいお姫様だ」

フェリクスはそういうとニナの身体に手を回し、軽々と抱きあげる。

「どうだい？　楽しんでいるかな？」

「うん……じゃなかった……はい！」

「あちらには美味しいものもたくさんあるから、あとで行ってごらん」

「う……はい……ええと、アリガトウゴザイマス」

ニナのぎこちない言葉が可愛らしく、リゼットは頬を緩める。やっぱりうちの甥姪たちが一番可愛いと考えたときだった。

ニナがリゼットを見てとんでもないことを口にした。

「この人、おねえさまがいつもおはなししてくれるおうじさまみたいね」

「えっ⁉　ニ、ニナ！　な、なんてことを……」

リゼットは頬がサッと朱に染まっていくのを感じて恥ずかしくなった。

子どもたちに王子様が出てくる話をするとき、いつもフェリクスを想像して話していたから、そのイメージそっくりの彼を見てニナはそんなことを言うのだ。王子と言えばフェリクスしか知らないのだから自然とそうなってしまったが、いつも彼の姿を盗み見ていたことを気づかれてしまいそうで居たたまれない。

「そう、お姉さんは王子様のお話をしてくれるの？」

「おうじさまのおはなしだけじゃないわ。おねえさまはごほんをかいているのよ。知らないの？」

子どもの言うこととはいえ、王太子に対して無礼な物言いにすぐそばに付き添っていた兄夫婦の顔が引きつる。しかしフェリクスは気にする様子もなくニナといくつか言葉を交わすと、優しく芝の上に抱き下ろした。

「殿下、娘が大変失礼しました」

兄が頭を下げたが、フェリクスは顔の前で笑って手を振った。

「今日は無礼講だと言ってあるだろう。伯爵が謝る必要はない。それにリゼット嬢のおかげで大変助かっていることに改めてお礼を言いたい」

フェリクスはそう言って笑ったが、リゼットはなんのことなのかわからず首を傾げる。兄はリゼットが王宮に閉じ込められていることを不審に思ってないようだ。

「物語を書いていると言っても独学の素人ですから、どれだけ殿下のお役に立てているかわかりませんが。リゼット、殿下のお役に立てるようにしっかりお手伝いをさせてもらいなさい」

やはり兄がなんのことを言っているのかわからずフェリクスを見ると、彼は涼しい顔をしている。先ほど彼の言葉に頷いていろと言われたことを思い出し、とりあえず頷いた。

そもそもリゼットが物語を書いているのをフェリクスが知っていたのも驚きで、兄は彼からなにを言われているのか気になる。

「リゼット、元気そうでよかったわ」

義姉《ソランジュ》にも笑顔で話しかけられ、フェリクスと兄の会話が気になっていたリゼットは曖昧な笑みを浮かべた。

実の姉妹のように仲良しの彼女は、本当はスパイ容疑で王宮に閉じ込められていると言ったらどんな顔をするのだろう。

一瞬義姉に事実を伝えて助けてもらうのはどうだろうと考えたが、万が一フェリクスを怒らせてみんなに迷惑をかけてしまったらと思うと踏み切ることはできなかった。

「殿下には申しわけないけれど、あなたがいないから子どもたちはとても寂しがっているのよ。特にニナはあなたのお話を恋しがっているわ。ほら、毎晩寝る前にお話をしてくれていたでしょう？　だからここ数日は寝る前に私があなたの物語を読んであげているのよ」

「まあ、毎晩？　きっとすぐに飽きてしまうわね」

物語と言っても短い話を集めて一冊にしたもので、毎晩ひとつずつ読んだとしても、今までに何度も読み聞かせている本だから、すぐに飽きてしまうだろう。

「そうね。殿下のお手伝いの合間に時間ができたら、またあの子たちのために物語を書いてくれると嬉しいわ。私のお友達もみんなあなたの物語が大好きなの。また本にして配って欲しいと言われているのよ」

「それは嬉しいけれど……」

王宮滞在中退屈で書き留めたいくつかの文章を思い浮かべて頷いた。

「時間があるときにまとめてみるわ。すぐにはできないかもしれないけれど」

すると隣で話に耳を傾けていたフェリクスが口を開いた。

「ほう。彼女の物語はそんなに人気が？　私もあなたが本にして配った一冊を手に入れて拝読しましたが、他にもたくさんあることは知りませんでした」

いかにも興味津々《しんしん》というロ調のフェリクスに、ソランジュがにっこりと微笑んだ。

「いいえ。本にしたのは一冊だけです。でもリゼットは頭の中にたくさんの蔵書を蓄えておりますの。子どもたちは寝る前にリゼットが話してくれるそんなお話が大好きなんです」

「なるほど、そういうことですか」

フェリクスは頷いてリゼットを見た。

「せっかくだから王宮に滞在している間に物語を書くといい。是非私にも読ませて欲しいな」

優しく話しかけられて、戸惑ってしまう。ふたりきりの時のフェリクスとは別人のように愛想がいい。

「お、恐れ入ります……」

なんとかそう口にしたけれど、ここにいる誰もがリゼットが王宮にいるのをおかしいと思っていないことに混乱してくる。自分だけが、なにか誤解をしているのではないかという気分になった。

フェリクスや兄たちの会話を断片的に切り取ってつなぎ合わせると、リゼットはフェリクスに乞われて、なにか彼の手伝いをするために王宮に滞在していることになっているらしい。それは物語を書くことに関係していて、家族はみんなそのことに関して納得している。

　自分が知らないところでなにが起きているかわからないが、誰も異を唱えることのない理由がねつ造されているらしい。

　いっそここで拘束されている事実を口にして、兄に助けを求めたらどうだろうという思いが再び湧き上がってくる。これだけたくさんの人の前でならフェリクスだって乱暴なことはできないし、屋敷に帰りたいと言い張れば兄は連れ帰ってくれるだろう。

　リゼットはいつの間にか集まってきた他の紳士と会話をする兄の様子を窺う。その時、すぐそばにアリスとレオンが立っていることに気づいた。

　アリスにも間もなく社交界にお目見えする予定の妹がふたりいるから、付き添いで参加しているのだろう。今日もその隣にはレオンが付き添っていて、ときおり笑みを交わし合う様子から、ふたりの縁談が順調に進んでいることが見てとれた。

　もし自分がここで騒ぎを起こして、彼女のことを話さざるを得なくなってしまったら？

そう考えたら、兄に助けを求めようという思いが急速に萎《しぼ》んでいく。

　リゼットは、ただアリスとレオンの仲睦まじい様子を見つめ途方に暮れるしかなかった。

「どうした？」

　リゼットが遠くを見ていることに気づいたフェリクスが視線の先を追う。

「ああ、友人がいたのか。よければ話をしてくるといい」

「えっ？　よろしいのですか？」

ずっと隣にいるようにと言われていたので、意外な提案に彼の顔をまじまじと見つめてしまった。

「どうしてそんな顔をするんだ。まるで私があなたを虐《いじ》めているような顔で、伯爵夫人が驚いているぞ」

フェリクスはチラリとソランジュに視線を向ける。義姉の手前、行くなとは言えなかったらしい。

「女同士話したいこともあるのだろう？　さあ」

フェリクスはリゼットの背中を押しながら向きを変える。そしてリゼットを押し出しながら耳元で囁いた。

「余計なことは言うな。わかっているな？」

それはリゼットだけに聞こえる小さな囁きだったが、思わずブルリと背筋を震わせてしまうほど脅すような低い声だった。

「……はい」

リゼットは頷くと、フェリクスの視線を背中に感じながら人の輪から離れてアリスに近づいた。

「ああ、リゼット！」

リゼットの姿を見たとたん、アリスの顔がパッと輝く。それを目にして、リゼットもたまらず声をあげて駆け寄った。

「アリス！」

ふたりで手を取り合って笑顔になる。家族よりも会いたかったのは親友だったとリゼットは思った。

「会いたかったわ！」

「私もよ！」

そう言葉を交わすふたりを見て隣にいたレオンが苦笑する。

「まるで何年も会えなかった恋人同士みたいだ」

「そうよ。あなたは知らないでしょうけど、私とリゼットは恋人同士よりも強い絆《きずな》で結ばれているの」

「恋人よりも？　それは少し妬《や》けるな」

レオンがしかつめらしい表情を浮かべるのを見て、リゼットとアリスは顔を見合わせて噴き出した。

「ではふたりの逢瀬《おうせ》の邪魔をしないように、俺はお嬢さんたちの様子を見てくるとしようか」

レオンは表情を緩めると、そう言ってふたりから離れていった。その後ろ姿を見送ったリゼットは、感嘆の溜息を漏らした。

「レオン様、とてもお優しいのね。あなたのことを心から大切に思っていらっしゃるのが伝わってくるわ」

「そう見える？　そうだと嬉しいわ。なぜかわからないけれど、レオンと一緒にいると幸せなのにドキドキしてしまって、たまにどうしていいのかわからなくなるの」

「それって、アリスもレオン様のことを大切に思っているからだと思うわ。素敵ね」

なにを考えているかわからないフェリクスに振り回されていることもあり、純粋にお互いを想い合っているアリスとレオンがうらやましい。

「それはそうと、ソランジュ様から伺ったけれど、殿下の蔵書研究のお手伝いで王宮に滞在しているんですってね」

「ええ、まあ」

なるほど、そういうことになっていたのかと頷いた。

それなら物語を読んだり自分で創作をするリゼットを王宮に留めておく理由として、理にかなっている。しかし兄に許可を取るよりも先に王宮に留め置いた時点で、多少強引だと兄も思ったのではないだろうか。

ただ相手が王太子であったために、兄も受け入れるしかなかったのかもしれない。

「あの王宮の夜会の時に決まったんですって？　あなた、なにも教えてくれないまま王宮に入ってしまったんですもの。ひどいわ」

「ごめんなさい。突然決まったものだから……」

「そもそも、あなた王太子殿下と親しくお話しする間柄だったなんて、一言も言っていなかったじゃない。いつからそんなに仲がよかったの？」

「仲がいいわけでは……」

あの手紙の件で疑われていることを話したら、アリスはショックを受け責任を感じてしまう。どうやってフェリクスと親しくなったと説明しようか頭を悩ませているところに、ある意味ふたりにとって問題の人物が姿を見せた。

「やあお嬢さん方、楽しんでいるかな？」

笑顔で近づいてきたのはジョフロワ公爵だった。

後ろめたいことのあるリゼットとアリスは慌てて口を噤み、ぎこちない笑みを浮かべる。

「ご、ごきげんよう、公爵様」

「ごきげんよう」

挨拶だけしてすぐに立ち去ると思っていた公爵は、なぜかその場に立ち止まった。

一瞬、手紙の送り主がアリスだったことに気づかれたか、手紙を探すために書斎へ忍び込んだのを追及されるのではないかとドキドキとしたが、フェリクス以外に気づかれていないはずだと気持ちを落ち着かせる。

「フォーレ伯爵家のリゼット嬢だったね」

フェリクスによく似た公爵の親しげな問いに、リゼットは笑みを作って頷く。内心、フェリクスが年を重ねてこんなふうになるのなら、アリスが公爵に惹かれた気持ちも少し理解できる気がした。

「左様でございます。今はわけあって、一時的に王宮でお世話になっております」

アリスがさり気なくリゼットの背に隠れるように移動するのを感じながら返事をする。

「そうだってね。君がフェリクスの仕事の手伝いで王宮に滞在していることは聞いている。王宮の住み心地はどうかな？　なにか困っていることはない？」

どうやら公爵が立ち止まったのは、親切にもリゼットの様子を確かめるためだったらしい。

「女官長をはじめ皆様とても親切にしてくださって、申しわけないぐらいですわ」

「女官長……ミシアのことかな？」

「ええ。特に良くしてもらっています」

「そう」

公爵は少し考えるような顔をして、フッと唇を緩めた。

「彼女をつけるなんて、フェリクスはどうしても君を王宮に囲い込んでしまいたいんだな」

その言葉にリゼットの心臓がドキリと跳ねた。

囲い込まれているというか、閉じ込められているのは本当のことだが、公爵の言い方だとリゼットを逃がさないためにミシアがそばにいるのだと聞こえる。

あんなに親切にしてくれているのは、フェリクスの命でリゼットを見張っているからなのだろうか。

「フェリクスも忙しいからあなたも退屈なのではないですか？　話し相手にそちらのアリス嬢を招いてはどうです？　よろしければ今度私もお部屋に伺いましょう」

「お気遣いいただきありがとうございます」

名前を出されたアリスが背後でビクリと震えるのを感じた。王宮に招かれて、しかも公爵と同席するなんてとんでもないと思ったのかもしれない。

「では、王太子殿下に相談してみますね。もしかするとこの滞在もそんなに長引くこともないかもしれませんから」

後半はリゼットの願望だが、できれば今すぐにでも伯爵家に帰りたかった。

「私になにを相談するつもりだって？」

すぐそばで聞こえたフェリクスの声に、リゼットはギクリとして顔をあげた。いつの間にかすぐそばにフェリクスが立っていて、わずかに眉を寄せてリゼットを見下ろしていた。

「ああ、来たのか。そんな怖い顔をするんじゃない。若いお嬢さんたちがふたりきりだから話し相手をしていただけだ。どうやらアリス嬢の婚約者も戻られたようだから、私は失礼しよう」

公爵はフェリクスのわずかな機嫌の変化に気づいたようで、レオンと入れ替わるようにその場を立ち去った。

「殿下、先日は拝謁を賜りありがとうございました」

フェリクスは一瞬だけジョフロワ公爵の後ろ姿に険しい眼差しを向け、すぐにレオンに笑顔を向けた。

「やあベジャール侯爵、少しは落ち着いてきたかな？」

「どうでしょう。兄の残したものはあまりにも大きいので、それをすべて受け入れるのには時間がかかりそうです」

レオンは先日正式に爵位を継いだから、その時に王宮に挨拶に訪れたのだろう。年齢もフェリクスとそう変わらないはずで、幼い頃からそれなりの面識もあるはずだ。

「そういえばこちらのアリス嬢と婚約したそうだね。おめでとう」

「ありがとうございます」

レオンに倣ってアリスも礼を口にするのを見て、フェリクスが貴族のひとりひとりの動向についてよく知っていることに驚いた。

隣で話を聞いていただけだが貴族の名前を間違えることはないし、その家になにが起きているのかもちゃんと把握して話題にしている。

今までフェリクスに憧れてはいたけれど遠くから見つめているだけで、彼の人となりや性格についてはなにも知らなかった。

リゼットのことをスパイだと疑い王宮に閉じ込めるような強引なところはあるけれど、女官たちの間で彼の悪い評判を耳にしたことがない。優しいところもあるし、心から嫌いになれないというのが本音だった。

客観的に見れば彼はこの国の王太子に相応しく立派な人物ということになるが、だからといってこのまま彼の言いなりになって王宮に留まり続けたくはない。

一瞬フェリクスとの出会いがもっと普通だったらと考えてしまったが、彼が自分のような若い娘など相手にしないことを思い出しがっかりしてしまった。

「アリス嬢、お話を楽しんでいるところ申しわけないのだが、リゼット嬢を連れて行ってもかまわないかな？」

フェリクスは丁寧に伺いを立てると、リゼットに視線を向ける。

「リゼット嬢、君に紹介したい人がいるんだ」

そう言って腕を差し出されて、リゼットはまだこの場に留まっていたいと思いつつフェリクスを上目遣いで見上げた。

ふたりきりの時に、こんな紳士的な口調で話しかけられたことなどない。フェリクスは外面が良すぎると思いながら仕方なく彼の腕の手を取った。

以前のリゼットならフェリクスにこうしてエスコートされたら嬉しくて舞い上がってしまったはずだが、彼の本当の顔を知っている今は断ることのできない自分の立場が恨めしくてならなかった。

「リゼット、またね」

「ええ」

「では失礼する」

フェリクスは儀礼的な笑みを浮かべてふたりに会釈をすると、リゼットを伴って庭園の中を建物に向かって横切っていく。

誰に紹介するつもりなのか尋ねたいが、足早に今にも引きずられそうな勢いで歩かれて、リゼットに口を挟む暇がなかった。

フェリクスはずんずんと庭を横切り、開け放たれていたテラスから建物の中に入る。誰に紹介されるのか不安で、弾んだ息で問いかけた。

「殿下……紹介したいというのは……きゃっ！」

気づくと壁に背を預けるように押しつけられ、間近に迫ったフェリクスの鳶色の瞳に見下ろされていた。

その目は怒っているのか苛立たしげな光が浮かんでいて、視線を合わせるのもはばかられ、リゼットは目をそらしてしまった。

チラリと辺りを見回すと、そこは一時的に休憩するために用意された部屋のようで、いくつかのソファーとテーブルが用意されている。ティーセットやお菓子が準備されていたが人気はなかった。

誰かに見られていないことにはホッとしたが、接客のための女官はいるはずで、いつ誰が入ってくるかと考えたらヒヤヒヤしてしまう。この体勢では、まるで逢い引きでもしているように見えるだろう。

「で、殿下……」

とりあえずソファーにでも座って話をしたい。それなら誰かに見られたとしてもいいわけができるだろう。

しかし苛立ったフェリクスはそんなことを考えもしないのか、強い口調で言った。

「叔父上とずいぶん話が弾んでいたようだが、まさか余計なことを言ってないだろうな」

「……」

脅すように固く口止めされていたのに、約束を破ると思われていたのだろうか。リゼットは小さく首を横に振った。

「叔父上とはどんな話をしたんだ」

「……王宮は快適か、困っていることはないかなどお尋ねでした。それと、女官はよくしてくれるかなどご心配いただきました」

「女官……またあの人は」

頭の上でフェリクスの舌打ちが聞こえてリゼットは思わず顔をあげた。

「え？」

「なんでもない。それで？　想い人と会えたわりに嬉しそうじゃないな」

「……」

公爵のことが好きだから書斎に忍び込んだという設定になっていたことを思い出し、言葉に詰まってしまう。

もう少し公爵と会えたのを喜んだふりをしていればフェリクスは信じてくれたのだろうか。

「こ、こんなところでお会いできるとは思っていなかったので、突然のことで驚いてしまって……」

公爵に声をかけられて驚いたのは本当のことだ。しかしこれでフェリクスも納得してくれるのではないだろうか。

探るようにフェリクスの顔を見たが、彼は「ふん」と小さく鼻を鳴らしただけでそれ以上なにも言わなかった。

「あの、兄たちにはなんと言ってあったのですか？」

少しでもフェリクスの気分を変えたくて、リゼットは気になっていたことを口にした。

「王宮の蔵書を整理しているがどうにも知識のある人間が少なく、人手が足りない。あなたは自身で本を書くほど文学に精通しているようだから、しばらく王宮に滞在して手伝ってもらいたいと提案したところ、快く承諾してくれたから滞在してもらうことになったと伝えてある」

みんなの会話から推察した通りの内容だが、そんな理由をねつ造されてはいつまでも王宮に留め置かれてしまいそうだ。

「私は承諾してなど」

思わず反抗的に言い返した言葉をフェリクスがピシャリと遮る。

「当たり前だ。あなたにはスパイ容疑がかけられているのだからな」

「ですからそれは誤解だと……！」

「いいわけは聞きたくない。行くぞ」

フェリクスは抗議の声を無視してリゼットの手首を摑むと、部屋の奥の扉から廊下に出る。

今度はどこに連れて行こうというのだろう。こちらをチラリと見下ろしたフェリクスはリゼットの不満げな眼差しに気づいたのか口を開く。

「俺の両親にあなたを紹介する。あなたを王宮に留め置いていることを知り、会わせろと催促されていたんだ。このあとふたりも庭園に出てくるが、その前に顔を見せに行く」

「……」

普段の園遊会では王陛下は途中から挨拶に出てくることが多い。多分すでにどこかの部屋で待機をしている王陛下の元へ向かっているらしい。

どうして王陛下夫妻に紹介されるのかはわからないが、いつも通りリゼットに拒否権がないのだけは理解していた。

フェリクスはそれ以上なにも言わず長い回廊を通り抜け、ひとつの扉の前で立ち止まった。

扉の横には警備の男性がふたり入口を挟むように立っていて、フェリクスを見て頭を下げた。

「陛下は？」

「両陛下共に中にいらっしゃいます」

「そうか」

フェリクスは軽く頷くと、ノックもせずに扉を開けてしまった。

「入りますよ」

「まあフェリクス」

フェリクスの呼びかけに最初に声をあげたのは王妃だった。

ちょうど庭園に出る準備をしていたらしく、立ちあがった王と、薄いブルーの生地に精巧な刺繍《ししゅう》が施されたドレスを身に着けた王妃が驚いたようにこちらを見つめている。

「良かった。おふたりが会いたがっていた人を連れてきましたよ」

「あら、そちらのお嬢様がそうなのね?」

王妃は興味深げにリゼットに視線を向けた。

どういう意味だろうと考える間もなくフェリクスが返事をする。

「そうです。早く紹介しろとおっしゃったのはおふたりでしょう」

「まったく。タイミングの悪い奴《やつ》だ」

王がフェリクスの自信たっぷりの物言いに顔を顰めた。

「これから挨拶に出ることぐらいわかっているだろう」

王の口調はやんちゃな子どもを窘《たしな》めるようで、フェリクスを追い返そうとしているのではないことが伝わってくる。

「紹介だけですから一瞬で済みます。すぐにおふたりを解放しますから安心してください」

「わざと時間がないときを見計らってきたのだろう?」

「時間があったら、おふたりが根掘り葉掘り彼女を質問攻めにするでしょう? お互い顔を見せ合うぐらいがちょうどいいんです」

その台詞《せりふ》に王妃が肩を竦めてリゼットに微笑みかけた。

「まあ、なんて言い草かしら。ね？」

　同意を求められているようだが、気安く頷くこともできず申しわけなさに俯くことしかできない。するとフェリクスがリゼットの肩を抱き寄せてふたりの前に押し出した。

「紹介します。フォーレ伯爵の妹御でリゼット嬢です」

　まさか両陛下に拝謁すると思っていなかったリゼットは、緊張してぎこちなく膝を折った。

「お初にお目にかかります。リゼット・フォーレと申します。突然御前に伺ってしまい申しわけございません」

「そんなに改まる必要はない。顔をあげなさい。どうせフェリクスに振り回されているのだろう？　そなたの顔を見ればわかる。突然こんなところに引っぱり出されて戸惑っているという表情だからな」

　王の的確な指摘にリゼットは頬を赤く染めた。自分はそんなわかりやすい顔をしていたのだろうか。

「父上が紹介しろと言うから連れてきたのにひどい言い草だ。彼女は私が結婚を考えている女性です。お許しいただけますね？」

「ええっ⁉」

〝結婚〟という言葉に、王の御前であることも忘れてリゼットは大きな声をあげてしまった。

フェリクスはリゼットをスパイだと考え疑っているはずだ。それなのにどこをどうしたら結婚という言葉に繋がるのだろう。

すると王が呆れたように深い溜息をついた。

「まったく。せっかちな男だな。物事には順番があることぐらいわかっているだろう」

「そうですよ。確かに私たちはあなたが自分の客間に滞在させている女性について説明を求めたけれど、どうしていきなりそんな話になるんです?」

やはり王夫妻も戸惑っているようだが、当然だろう。伯爵令嬢だから出自は証明されているけれど、仮にも一国の王太子の結婚だ。

貴族同士の結婚でも正式な婚約の前にお互いの親族に至るまで聞き合わせがあったり、結婚相手の評判について調べたりする。それが王族となればさらに厳密に時間をかけて調査されるはずで、いきなり結婚を許可しろというのは乱暴すぎた。

しかしフェリクスはそんなことなどまったく気にしている様子もない。

「その手順を踏んでいられないぐらい彼女と結婚したいのです。彼女も承諾してくれています」

「……!」

ギョッとしてフェリクスを見上げると、リゼットが口を開くより早く耳元に唇を寄せた。

「俺の言うことには頷く約束だ」

「そんな……！」

声はお互いにしか聞こえなかったが、揉めているのは誰の目にも明らかで、それに気づいた王妃が口を開いた。

「フェリクス、リゼットさんは戸惑っているように見えるわ。あなたが先走って彼女を困らせているのではなくて？」

その優しい言葉に、リゼットは王妃を感謝の気持ちで見つめた。

「確かに王妃の言う通りだ。ふたりとも今日はもう下がりなさい。フェリクスは誠意を込めてリゼット嬢に先走ったことを詫《わ》び、きちんと承諾を得てからもう一度顔を見せるように」

王はきっぱりそう言い切ると、話は終わったという合図のように、フェリクスに向かって追い払うように手を振った。

「……」

フェリクスは苦虫を嚙《か》み潰《つぶ》したような顔で王夫妻が庭園へと出て行くのを見送ってから、乱暴にリゼットの手首を摑み部屋を飛びだした。

5

部屋を飛びだしたフェリクスがどこに向かっているのかわからないが、その足は速く、リゼットはついていくのがやっとだ。

これまで夜会や園遊会で堂々として余裕のある態度を見せていたフェリクスを魅力的だと感じていたけれど、実際に一緒に過ごすとこんなにも激高しやすく、強引であることを知った。

正直乱暴に扱われるのは少し怖いが、王にあしらわれたり、いらつく様子を目にすると彼も普通の男性なのだと別の意味で好感が持てる。

完璧でないことに安心すると言ったらフェリクスは怒るかもしれないが、人間らしくて親しみがあると言えばいいのだろうか。

まだ社交界に出て二年目だが貴族の付き合いは建前という仮面を被っていて、お互い本当はなにを考えているのかを簡単に明かさないことを知った。

リゼット自身も心を許してなんでも話せるのはアリスぐらいで、茶会でよくおしゃべりをする相手だとしても、間違っても他の令嬢に本音など口にしなかった。

ある意味、ジョフロワ公爵の部屋で行き会ったリゼットとフェリクスの関係に似ている。

本音は決して口にせず、相手がなにを考えているのかを探ろうとしているのだ。

そんな関係であるフェリクスの素顔は新鮮で、この苛立ちの原因が王に結婚を反対されたことでなければもう少し余裕を持って彼の様子を観察できるのにと思った。

それにしても先ほどフェリクスが突然結婚と言い出したときはどうなることかと思った。幸い王夫妻のおかげで話が立ち消えになったけれど、フェリクスはなぜいきなりあんなことを言い出したのだろう。

フェリクスとは口付けをしたし身体に触れられるという際どいことまでされているが、結婚という甘い言葉が似合うような関係は成立していない。

たとえフェリクスに惹かれていたとしても、自分を愛してくれない人と結婚することなどできないし、フェリクスは愛する以前にリゼットのことを捕虜のように思っているのだ。

そんなことを考えながら足を動かしていると、ふっとフェリクスの歩調が緩む。ハッとして見上げると振り返ってこちらを見下ろすフェリクスと一瞬だけ目が合って、すぐにそらされてしまう。

どうやらリゼットの跳ねるような呼吸に気づいて、スピードを落としてくれたらしい。

気づくと手首を握りしめていた指から力が抜け、するりとリゼットの手のひらを握りしめる。

「あ……」

つい先日までフェリクスに手を握られるなど想像したこともなかったのに、その手はしっとりとリゼットの手に馴染んで、ただこうして歩いていれば恋人同士のようだ。

そうしてフェリクスに連れて行かれたのは、ここに来た翌日に案内された応接間だった。

部屋の中に人気はなく、フェリクスはリゼットの手を離すと着ていたジャケットを脱ぎ捨てる。

「俺の言うことに頷くようにと言っただろう」

フェリクスが不機嫌な顔で振り返り、リゼットに険しい眼差しを向けた。

「それは……」

許容できるものとできないものがある。

「殿下が突然あんな戯《ざ》れ言《ごと》を口になさるからです。いくら両陛下を驚かせたかったからとはいえ、冗談が過ぎます」

どう考えても彼が本気で言っていたとは思えないのに、不機嫌になる理由がわからない。

「それに殿下は私と結婚などなさりたくないでしょう?」

ただでさえスパイ容疑で頭を悩ませているのに、これ以上困らされるのはごめんだ。つい強い口調で言い返すと、フェリクスは眉を寄せた。

「ではあなたは誰と結婚するつもりなのだ。あなたの無垢《むく》な唇も素肌ももう俺に汚されているというのに、他の男の元へ嫁げると思っているのか」

　あからさまな言葉にハッとする。これまでフェリクスに脅されていたからそこまで考えが至らなかったが、確かに彼の言う通りで、自分はフェリクスに汚されてしまったようなものだ。

　たとえそれが公爵の書斎に忍び込んだことへの罰だと言われても、許せるものではなかった。

「……あ、あれは私が許したわけでは……」

　最初に口付けを求められたときだって、リゼットは唇にするつもりなどなかった。それなのにフェリクスはなにも知らないリゼットの唇を奪ったのだ。甘美なキスの記憶とドレスをはだけられたことを思い出し真っ赤になった。

「そもそもあなたはどんなに望んでも叔父上と結婚できないことに気づいているのか？」

「……え？」

　公爵を慕っている云々《うんぬん》と嘘をついていることを忘れて、公爵と結婚という言葉にぽかんとしてしまう。

　しかしフェリクスにはそれがショックを受けた表情に見えたのか、声音がわずかに優しくなる。

「それなら俺と結婚すればいいだけだ。俺が叔父上によく似ているといわれているのは知っているか？」

公爵と結婚という話をしていたのに、突然容姿についての話に変わったことに戸惑いながら頷いた。

「はい、存じております」

「先ほど父上を見てわかったと思うが、私は父より叔父上に似ていて、昔から年の離れた兄弟のようだと言われている。だから俺と結婚をすればいい」

「……？」

やはり話の流れがおかしい気がして、リゼットは首を傾げた。

「わからないのか？　あと十年我慢すれば俺だってあのぐらい渋い男の魅力が出てくるということだ。それまで我慢しろと言っているんだ」

「殿下、おっしゃっている意味が……」

いくらフェリクスと公爵が似ていたとしても、どちらかがもう一方の代わりになることなどできるはずがない。

リゼットの困惑した顔を見て、フェリクスが痺れを切らしたように言った。

「あなたは年の離れた男性が好みなのだろう？　だから結婚してやると言っているのだ」

「……」

つまり公爵とは結婚できないから、フェリクス自身が公爵と同じ年齢になるまで我慢しろと言いたいらしい。しかし十年経《た》てばリゼットも十年年を重ねるのだから、ふたりの年の差は変わらないだろう。

フェリクスの強引な理屈に、リゼットはおかしくなって噴き出してしまった。

「なぜ笑う?」

フェリクスが困惑した顔でクスクスと笑うリゼットを見つめた。

「だって……殿下が面白いことをおっしゃるので……」

今日は特にずっと緊張したり不安を感じて過ごしていたから、一度笑い出してしまうと止まらなくなってしまう。

「ふふっ……申しわけありません……ふふふ」

どうしても笑いが漏れてしまうリゼットを、フェリクスがなぜか眩しそうに見つめた。

「俺の前でそんなふうに笑うのは初めてだな」

「え?」

「可愛い」

フェリクスの薄い唇からポロリと零れた言葉に、リゼットは自分の耳を疑った。

これまでリゼットを脅したり困惑させるようなことしか口にしなかったフェリクスがそんなことを言うなんて信じられない。

「……で、殿下……？」

きっとなにかの聞き間違いだと納得しかけたときだった。

「可愛いと言ったんだ。聞こえなかったのか？」

言葉と共にフェリクスが一歩前に身を乗り出し、リゼットは無意識に後ずさる。

「で、殿下……近すぎます」

そう言い返す間にもフェリクスがまた一歩近づき、リゼットが後ろに下がる。するとフェリクスが身を乗り出してくる勢いの割に柔らかな声音で言った。

「殿下ではなく、名前で呼べ」

「……フェリクス様……？」

思わず震える声でそう呟いた瞬間、腰の辺りに硬いものがぶつかる。それが執務机だと気づいたときには目の前にフェリクスが立っていた。

「そうだ」

フェリクスは低い声で呟くとリゼットを挟み込むようにして机に両手を突く。自然と顔が近くなって、リゼットは慌てて背中を後ろにそらせた。

「あ、の……」

今にも鼻先が触れそうな距離まで近づかれ、リゼットの声が震える。この距離でフェリクスが望んでいるものがわかってしまい、自分もそれを受け入れてもいいと頭の片隅で考えてしまっていた。

「あなたの結婚相手は俺しかいないと思い出せ」

フェリクスは低く掠れた声で呟くと、そのままリゼットの唇を自身のそれで塞いでしまった。

――またフェリクスに唇を許してしまった。

後悔なのか、諦めなのか一瞬だけそんな思いがよぎったが、すぐにキスの刺激でなにも考えられなくなった。

「……んぁ……ぅ……」

熱い舌が口腔で暴れ回り、その刺激の強さにリゼットから鼻を鳴らすような声が漏れる。まるで強請《ねだ》っているような声に、フェリクスの口付けがさらに深くなった。

初めてのキスは突然でとにかく怯えていた。二度目のキスは、どうしようもなく身体が熱くなってしまい、自分の中にある淫らな部分を感じて、それに気づかないようにした。

そして三度目のキスは、フェリクスがこの口付けを楽しんでいるのを感じると同時に、リゼット自身もキスの快感を楽しみ始めていた。

「ん、ふ……ぁ……」

リゼットの漏らす声に煽《あお》られるようにキスの勢いが増す。覆い被さるように身を乗り出されリゼットがその勢いに背を反らすと、そのまま抱きあげられ執務机の上に座らされてしまった。

その拍子に机の上の本や書類がバサバサと音を立てて床に落ちたが、口付けに夢中になっているふたりは気にも留めなかった。

「はぁ……」

どちらの唇からか甘ったるい吐息が漏れ、フェリクスの手がリゼットの柔らかな胸の膨らみに食い込む。ドレス越しにやわやわと揉まれているだけなのに腰の辺りが痺れて、リゼットはスカートの下で太股を擦り合わせた。

お尻の辺りがムズムズとして落ち着かない。どうしてフェリクスに口付けられたり触れられると身体がこんな反応をしてしまうのだろう。

以前に舌で愛撫された胸の尖端が疼いて仕方がない。するとフェリクスの長い指がその場所を探し当て、ドレスの上から刺激してくる。

「あ、ん……っ……」

思わずはしたない声をあげると、指はその場所を執拗に押し潰してくる。

お腹の奥が疼いて足の間がジンジンしてしまい、直に胸に触れて欲しいという淫らな思いに身体が熱くなってしまう。

「あ、や……ん……んん……っ……」

「可愛いな……ここがいいのか?」

ドレスの上から尖端を指でキュッと捻《ひね》られ、リゼットの身体は強い刺激に大きく仰《の》け反《ぞ》った。勢い余って机の上に倒れ込みそうになる身体を、フェリクスの手が抱き留めた。

「ほら、もっとしてやるから俺の首に腕を回すんだ」

リゼットは素直に腕を伸ばすと、フェリクスの太い首に顔を埋めるようにしてしがみついた。

「いい子だ」

優しく背中を撫で下ろされ、ビクビクと身体を震わせてしまう。頬にフェリクスの素肌の熱を感じて、さらに身体が熱くなるのを感じた。

フェリクスに触れてほしくてたまらない。彼がそばにいると思うと胸がいっぱいになって苦しくなる。

この感情はなんなのだろう。リゼットの意思に関係なく無理矢理閉じ込められているのに、フェリクスに触れられているとそんな経緯など忘れてしまいそうになるのだ。

熱い手のひらで背中だけでなく身体中を撫で回され、スカートの下が疼いて仕方がない。するとそれに気づいたかのようにスカートが捲《まく》り上《あ》げられ、ひやりとした空気を感じてリゼットは目を見開いた。

「あ、いけません……！」

「しっ……あなたを気持ちよくするためにに触るだけだ」

フェリクスは片手でリゼットを支え、もう一方の手でほっそりとした足を撫《な》で上《あ》げる。

「あ……っ」

内股を撫で上げられる刺激にブルリと身体を震わせると、手の動きが大胆になっていく。しばらく靴下で覆われていない素肌を撫で回したかと思うと、靴下留めに触れて指でそれを弾いたりする。

「あ……はぁ……」

手のひらの熱さとくすぐったさにリゼットの唇から吐息が漏れる。するとフェリクスの手がさらに奥へと進み、ドロワーズに触れた。

「……あ！」

とんでもなくいかがわしいことをしている。そう思った瞬間リゼットは慌てて太股を閉じたが、一足遅くフェリクスの手を挟み込んでしまった。

「リゼット、それじゃ触《さわ》れない」

触れられたら困るから足を閉じたのだ。フェリクスの首にしがみついたままふるふると首を横に振ると、耳元でクスリと小さな笑いが聞こえた。

太股の間から手が引き抜かれ、手のひらが足を撫で下ろしていく。フェリクスはそのまま手を足首まで滑らせ靴を片方脱がせると、膝を折り曲げるようにして机の上に乗せた。

「あ」

　気づいたときにはフェリクスに向かって足を開く格好になっていて、自分の姿を想像して、そのはしたなさにリゼットは羞恥のあまり泣きたくなった。

「や、嫌です……」

「大丈夫だ」

　なにが大丈夫だというのだろう。リゼットが問い返すよりも先に指が滑り込んできて、ドロワーズの上から足の間に触れた。

　薄い布が貼りつく濡れた感触にドキリとする。いつの間に自分はこんなところを濡らしていたのだろうと恥ずかしくなった。

「あ、ん……いやぁ……」

　粗相をしてしまったのをフェリクスに気づかれて、羞恥でおかしくなりそうだ。

「濡れているのがわかるか？」

　フェリクスの声は嬉しそうで、リゼットが粗相をしたことを怒ってはいないらしいが、居たたまれない気持ちは変わらない。

「や……いやぁ……」

　フェリクスの首にしがみついたままグズグズと鼻を鳴らすリゼットの頭を大きな手があやすように撫でた。その仕草は今までになく優しくて、リゼットはさらに力を込めてギュッとフェリクスにしがみつく。

「恥ずかしがらなくていい。ここが濡れているのは、あなたが俺との口付けを喜んでいた証拠だ」

「……っ」

フェリクスとの口付けを喜んでいると指摘され、リゼットは顔を伏せたまま必死で首を横に振った。

「そんなに嫌がるな。怒ってなどいないのだから」

そう囁いた声は楽しげだったが、リゼットにはからかわれているとしか思えない。

その間にも長い指がさらに奥に進み、あわせた部分からドロワーズの中に指が入ってきてしまう。

「ひぁっン‼」

下肢に走った刺激にリゼットの身体が跳ねた。

「ふっ……女性の下着とは便利なものだな」

フェリクスはそう言って笑ったけれど、そういう行為をするために考えられたものでないことぐらいわかっているはずだ。

そう言い返したいけれど、直に濡れた蜜襞を指で刺激されて抗議の言葉を口にすることができなかった。

「ん、んんっ……いや……ぁ、あぁ……っ」

長い指が濡れた足の間を動き回るたびに、ぬるついた蜜がフェリクスの指を濡らしていくのがわかる。こんな恥ずかしいことからは今すぐ逃げ出したいのに、身体に力が入らず、唇から甘ったるい声が漏れてしまう。

「ほら、わかるか？　あなたの一番敏感な場所だ」

フェリクスは掠れた声で囁くと足の間の一点に触れた。

「あぁ！」

今までのぬるついたものとは違う強い刺激に唇から高い声が漏れてしまう。

「この奥の……ほら、ここだ」

重なり合っていた濡れ襞の奥を指で刺激され、ピリッとした痛みが走る。

「あぁン!!」

ブルリと身体を震わせると、フェリクスの指が押し潰すように敏感な場所を捏《こ》ね回《まわ》し始めた。

「可愛い声だ」

「やぁっ、ん……んんっ、あぁぁ……っ」

唇からとめどなく漏れる声は艶を帯びた自分のものなのに、どこか遠くの出来事にも思える。

一点を指で揺さぶられているだけなのに、腰が浮き上がってしまうような愉悦にお腹の奥が熱くてたまらない。

身体の奥から愛蜜がとろりと流れ出す感触も、その奥が物欲しげにヒクヒク震えてしまう理由もわからず、リゼットはフェリクスの首にしがみついているしかなかった。

「もうぐっしょりじゃないか。中も可愛がってやるから力を抜け」

フェリクスがなにを言っているのかわからずにいると、蜜孔の入口からなにかが侵入してくる刺激にハッとして顔をあげた。

「あ……」

「指を挿《い》れただけだ。痛くはないだろう?」

痛くはないが異物が身体の中に入ってきたことで下肢が震えてしまう。

「ぬ、抜いて……」

「どうしてだ?　これからもっと気持ちよくなれるというのに」

フェリクスはそう言ってリゼットの顔を覗き込むと、膣洞の中でわずかに指を曲げ、内壁を擽《くすぐ》るように動かした。

「ひぁっ!　ンン……!」

身体の中から刺激を受けるのはもちろん初めてで、味わったことのない甘い痺れにお腹の奥がきゅうっと収斂《しゅうれん》する。

身体がフェリクスの指をギュッと締めつけて、ゴツゴツとしたものが動くたびに、背筋をぞわぞわとした刺激が這い上がってきてどうしていいのかわからない。

しかしフェリクスはその反応が当然だと思っているようで、ブルブルと震えるリゼットの身体を引き寄せたまま何度も抽挿《ちゅうそう》を繰り返す。

「あ、あぁ……んぅ……はぁっ……」

繰り返し胎内を擦られているうちに甘い愉悦に身体を支配されて、次第になにも考えられなくなっていく。

とろりとした顔でフェリクスを見上げると、リゼットを見下ろすその瞳には今まで見た中で一番甘やかな光が宿っていた。それはまるでリゼットを愛《いつく》しんでいるように見え、ただでさえ混乱している頭はさらにわけがわからなくなってしまう。

「リゼット、あなたは夫となる男としかしてはいけないことを俺としているのだ。わかるか？」

フェリクスがなにか言っているが、愉悦に支配されたリゼットには言葉の意味が理解できない。反射的に首を横に振ると、隘路《あいろ》から指を引き抜かれて、再び感じやすい濡れ襞の奥を指で押し潰される。

「ああっ！」

強い刺激に嬌声をあげて腰を浮かせたが、フェリクスは腰を引き寄せその場所だけを断続的に刺激してくる。

ビリビリした痛いほどの刺激にリゼットの中でなにかが弾《はじ》け飛《と》んだ。

「あっ、あっ、あっ‼」

自分でも驚くぐらい高い声が漏れて、身体が勝手にガクガクと痙攣《けいれん》する。突然肌が敏感になって、全身がピリピリとして抱きしめられていると痛いぐらいだ。

震えから解放されて脱力したとたん隘路からドッと愛蜜が溢《あふ》れ出《だ》す。もう粗相をしてしまって恥ずかしいという感覚は忘れてしまっていて、リゼットはがくりとフェリクスの腕の中に倒れ込んだ。

「これであなたは本当に俺としか結婚できなくなったな」

フェリクスはリゼットを抱き留めると、愛蜜で濡れた指でドレスの襟ぐりを引き下げる。胸の膨らみが零れ出るギリギリまで素肌を剝《む》き出《だ》しにすると、フェリクスはその場所に口付け強く吸い上げた。

「ン……っ」

ピリッとした痛みにその場所を見下ろすと白い肌に赤黒い染みのようなものができていて、フェリクスはドレスの襟ぐりを指で押さえたまま、何度かその行為を繰り返し痕を残した。

それがフェリクスの所有の印だとまでは意識がいかず、自分が、フェリクスの言う通り他の人の元へ嫁ぐことのできない穢《けが》れた身体になってしまったことだけは理解していた。

6

園遊会の翌日、リゼットはモヤモヤとした気持ちを抱えたまま朝を迎えた。

昨日のフェリクスとの行為がいつまでも頭から離れず、横になってもそのことばかり思い出してしまいよく眠れなかったこともあるが、自分自身の気持ちに変化が起きていることもリゼットの頭を悩ませる原因のひとつだった。

今までフェリクスに口付けられたり、身体に触れられたりしても、それはフェリクスがリゼットを脅して無理矢理されているから仕方がないのだと自分に理由をつけていた。

しかし昨日フェリクスの机の上でされた行為は違う。戸惑いはしたけれど、フェリクスとのキスに夢中になっていたし、足の間に触れられたとき確かに気持ちがいいと感じてしまった。

口ではいやだと言いながら彼の手で感じさせられて喜ぶなんて、フェリクスはなんていやらしい女だと思ったのではないだろうか。

フェリクスはどうしてリゼットを辱める行為ばかりするのだろう。

最初は公爵の書斎に入り込んだ理由を聞き出すため、リゼットに言うことを聞かせるための辱めの行為だと思っていた。

しかしその割にはフェリクスの手つきは優しく、口付けは頭の芯まで蕩けてしまいそうなほど甘い。虜囚とも思っている女性に優しくする必要などないはずなのに、フェリクスはリゼットを気遣ってくれているような気がするのだ。

そう考えると結婚の件も謎だった。フェリクスは結婚を拒まれて意地になっているのではないだろうか。そもそも自分は彼の好みから外れている。

年上の女性や未亡人と付き合うカモフラージュのためにリゼットを利用しているということは考えられないだろうか。

リゼットの弱みを握ったままでいて、結婚したら浮気をしようと文句を言うなと考えているとしたら。

あるいはリゼットに触れたことを後悔して、責任をとるつもりで、仕方なく結婚を提案した。考え始めると理由はいくつも浮かぶが、フェリクスが自分に好意を持ってくれているると思える理由は見つからなかった。

だからといって彼が冷たい人だとは言い切れない。彼と近しくなってまだ日は浅いが、言葉の割にフェリクスがリゼットを気遣ってくれていると感じることがある。

それは彼が女官たちに、リゼットが不自由しないよう言い付けていることを聞かされたときや、王宮内での彼の評判を耳にしたときなどだ。

貴族女性たちの噂話では彼が年上の女性好みの話や、関係したらしい未亡人の名前などが囁かれるばかりだったが、王宮内では王太子として生真面目で執務に実直である話しか耳にしない。どれが本当のフェリクスの顔なのだろう。

「今日はこのドレスはおやめになった方がよろしいですね」

「……え？」

自分の考えに入り込んでいたリゼットはミシアの言葉にハッと意識を引き戻される。朝の着替えを手伝ってもらっていて、鏡を見つめているうちに考えごとをしてしまっていたらしい。

「別のドレスを用意させましょう」

その言葉にミシアが手を止めてある一点を見つめていることに気づき、一瞬遅れてそれに気づいたリゼットは真っ赤になった。

鎖骨よりも少し下の部分に赤紫色に鬱血した痣《あざ》があって、そこは昨日フェリクスが口付けて痛いぐらい吸い上げた場所だ。

昨日は襟を押し下げて痕を残されたから、ドレスに隠れていて見咎められなかったのだろう。

「……」

なんといいわけをすればいいかわからず真っ赤になっていると、別の女官が部屋に入ってきた。

「リゼット様、本日はこちらのネックレスなどいかがでしょう」

部屋を横切って近づいている女官を見てリゼットはとっさに赤い印を隠す。するとそれに気づいたミシアが女官を視線で止めた。

「リゼット様のお顔の色が優れないので、もう少し明るい色のドレスにしましょう。そうね、レモンイエローのシフォンドレスがあったでしょう？　持ってきてちょうだい」

「承知しました。ではアクセサリーも変更いたしますね」

女官がミシアの指示に従って隣の部屋に入っていくのを見て、リゼットはホッと胸を撫で下ろした。

「大丈夫ですよ。あのドレスなら襟元までレースに覆われていますからそちらの痕を隠すことができますわ」

落ち着いた様子にホッとしたけれど、ミシアに誤解をされてしまっているような気がする。リゼットだってこれを見たら、ふたりは肌に唇を寄せるような親密な関係だと思ってしまうだろう。

「あのね、殿下と私はそういう……関係ではないのよ。これは殿下が少しふざけただけで……」

「私になどいいわけをしていただく必要はございません。このことは誰にも漏らしませんし、私はリゼット様の味方ですからご安心ください」

ミシアはそう言うと、リゼットに新しく運ばれてきたドレスを着せかけた。

運ばれてきたドレスは首までシフォンで覆われていて胸元の痕をしっかり隠してくれてホッとする。

鏡に映る自分とミシアの姿を見つめながら、リゼットは再びフェリクスに身体に触れられたことを思い出していた。

フェリクスの好みは、ちょうどミシアのような落ち着いた年齢の女性だ。本当は彼女のように大人の魅力がある女性がいいはずで、やはり最後はどうしてリゼットにちょっかいを出すのかという思いに至ってしまう。

「ミシア、聞いてもいいかしら」

リゼットはふと思いついて口を開いた。

「なんでございましょう。私でお答えできますでしょうか」

「あのね……その気がないのに男の人が女性に結婚を申し込む状況ってどんな時かしら」

フェリクスが本心からリゼットと結婚しようと考えているとは思えない。それならなにか別の理由があるのではないかと思ってしまったのだ。

「結婚……でございますか？」

ミシアのわけがわからないという顔に、リゼットは聞かなければよかったと後悔した。

「いいの、ちょっと気になっただけだから。忘れてちょうだい」

リゼットが話を締めくくろうとしたときだった。

「そうですね。身分によっても条件は違うでしょうが、やはり責任をとるときではないでしょうか」

「責任？」

「ええ。たとえばリゼット様のような貴族のご令嬢がお相手だったとします。そんな若いお嬢様とふたりきりで長時間過ごしたり、連れ回したりしたときなどに、おふたりの間になにかあったかと問題になるのですわ」

確かに、義姉には何度も男性とふたりきりになるなと言いきかされたことを思い出しながら頷いた。

「長時間って……どのぐらいかしら」

「状況にもよりますが、男女の仲になったと誤解される状況でしたらたとえ短時間でも疑われるでしょう」

ミシアの言う通りだとすれば、フェリクスと何度もふたりきりになっているのが王宮の人々に疑われているということになる。フェリクスに吸われた肌を見たミシアは、きっとその疑いを確信に変えたはずだ。

「傷物にされたとか、そんな言葉を耳にされたことはございませんか？　未婚のご令嬢が男性に……その意思に反して触れられてしまったときなどに使いますでしょう？」

まさにフェリクスが言っていた言葉なので、リゼットは頷いた。

それに以前お茶会の時、少し年上の夫人たちが話しているのも聞いたことがある。どこそこの令嬢は男性と一晩過ごした傷物だとか、ふたりで長く庭に消えていたからもう傷物に違いないとかそんな話だ。

フェリクスはもうリゼットが彼以外の元へ嫁ぐことはできないと口にしていたが、リゼットにした行為の責任をとるつもりで王夫妻に結婚を申し出たということはないだろうか。

しかし聡明なフェリクスなら、好きでもない女性と結婚することになるなら最初から手出しなどしないだろうし、万が一そんな状況になっても責任をとらなくてもいい理由をいくらでも思いつきそうだ。

もうフェリクスがなにを考えているのかわからないし、自分自身の気持ちもわからず頭の中はぐちゃぐちゃだ。わかっているのは、リゼットが世に言う傷物の娘になったということだけだった。

「リゼット様はそんな心配など必要ございませんね。殿下はリゼット様にご執心ですし」

ミシアがなにか言っているが、自分の考えに没頭していたリゼットの耳にその声は届いていなかった。

「さ、綺麗にお支度できましたわ。お茶の用意をいたしましょう」

ミシアに促されてソファーに腰を下ろしたときだった。

「リゼット様、ジョフロワ公爵がいらっしゃいました」

「え？　公爵様が？」

驚いてミシアを見上げると、その表情が一瞬硬くなり、それからすぐにいつもの笑みに変わる。

「まあ、お約束もございませんのに。お断りいたしましょうか？」

そう言ったそばから部屋を出て行こうとするミシアを慌てて止める。

「待って。昨日園遊会で、殿下が忙しくて私の相手をする暇がないだろうから話し相手になってくださるとおっしゃっていたの。まさかすぐに来てくださると思っていなかったからあなたに伝え忘れていたわ。お通しして」

「……左様でございますか。ではご案内いたしますね」

ミシアの顔が一瞬曇った気がしたが、すぐに部屋を出て行ってしまったのでそれを確かめることはできなかった。

程なくして可愛らしい花束《ブーケ》を携えた公爵が姿を現した。

「やあリゼット嬢。約束通りご機嫌伺いに来たよ。ああ、礼はいらない。私はそういう堅苦しいことは嫌いなんだ」

立ちあがって膝を折ろうとしたリゼットを押しとどめて花束を手渡すと、リゼットの向かいに腰を下ろした。

「公爵様、わざわざお越しいただいてありがとうございます。こんなに素敵なお花まで」

手渡された花束は淡い黄色やピンクといった目に優しい可愛らしいもので、自然とリゼットの心を和ませる。

「フェリクスのことだからあなたの部屋に花が飾られていないはずはないと思ったから、敢えて小さくしたんだ。これならベッドのそばにでも飾れるでしょう」

「ありがとうございます。さっそく飾らせていただきますわ」

「お預かりいたします。すぐに花瓶に」

ミシアが花束を受け取って出て行く後ろ姿を見送ってから公爵が言った。

「彼女は優秀でしょう」

「ええ、とっても。私が王宮に不慣れなのを見越していろいろ教えてくれています」

公爵は笑顔で頷くと女官が用意したお茶のカップに手を伸ばした。

「それで、フェリクスとの仕事は順調ですか？」

「え？　ああ……」

一瞬なんのことかと思ってしまったが、王宮に留まっているのはフェリクスに頼まれて、蔵書の整理手伝いをしているということになっていたのだ。

「殿下も執務がお忙しいようで、少しずつといった感じではないでしょうか」

実際にはなにもしていないから具体的なことは口にできない。曖昧に答えるしかなかったが、公爵はなにも言わず頷いた。

「確かに忙しそうだ。昨日も園遊会を途中で抜けてしまったようだし。せっかくご家族やご友人もいらしたのだから、あなたまで連れて行く必要はなかっただろうと注意しておきました」

「まあ」

あの執務室の行為のあとにフェリクスと話をしたらしい。ふと、もしあの時執務室に公爵が入ってきていたら大変なことになっていたと今更ながらひやりとしてしまった。

「き、昨日は畏れ多くも先に両陛下に紹介してくださって……私そのままこちらに戻ったのです」

昨日の出来事を公爵が知っているはずがないのに、執務室に行ったことを知られないよう嘘をついたところで、花瓶を抱えたミシアが戻ってきた。

「リゼット様、いかがでしょう」

白い花瓶に生けられた花に、笑顔になる。

「ありがとう。とっても素敵よ。明日の朝花の香りで目覚めるのが楽しみ。公爵様、本当にありがとうございました」

「あなたのような可愛らしい人の前では霞《かす》んでしまいますね」

公爵のあからさまな褒め言葉にリゼットは真っ赤になった。初心なアリスは公爵のこういうところに心を奪われてしまったのかもしれない。

こんな時、どう返事をするのが正しいのだろう。リゼットが答えあぐねているとミシアの冷ややかな声が割って入る。

「公爵様、リゼット様が困っていらっしゃいます。あまりお戯れを口にされると王太子殿下に怒られますよ」

ピシャリと音がしそうな声音に、リゼットは驚いてミシアを見上げた。普段そんなキツイ言い方をする女性ではないから、公爵の言葉がそんなに気に障ったのかと目を丸くする。

公爵を見つめる表情は硬く、唇には冷ややかな笑みが浮かんでいたが、公爵はその態度を咎《とが》めるふうでもない。

ミシアは正確には王宮預かりだが、今はリゼット付きの女官だから自分が謝罪した方がいいのだろうか。

「さすがフェリクスがあなたに付けるだけあってしっかりしている。是非私の世話も焼いて欲しいところだが……その顔では断られそうだ」

「当然ですわ。私は両陛下より王太子殿下のお世話をするようにいいつかっております。リゼット様は殿下の大切なお客様ですから、どなたかの甘言からお守りしてるのですわ」

公爵相手に怯《ひる》む様子のないミシアに驚いてしまうが、公爵の顔が面白がっているのを見てホッと胸を撫で下ろした。

それでも寝室に花を飾るためにミシアが出て行くと、リゼットは頭を下げた。

「あの、ミシアが失礼いたしました。普段はあんな言い方をする女性ではないのですが、私があまりにも不甲斐《ふがい》ないので心配して助けてくれたようです」

「気にする必要はありませんよ。だからフェリクスも彼女をあなたに付けたのでしょう。リゼット嬢、フェリクスはずいぶんとあなたを大切に思っているようだ」

「そ、そんな……私が王宮生活で恥を晒さないで済むように気遣ってくださっているだけで、特別でもなんでもないのです」

考えてみれば、こうして王宮に留め置かれることになったきっかけは公爵でもある。もちろん彼に責任などひとつもないのだが、その相手とこうして向かい合って話をするなんて不思議な感じだ。

公爵は機嫌を損ねることもなくリゼットと他愛ない話をして帰って行ったが、リゼットはそのあともミシアの様子が気になって仕方なかった。

公爵にだけあのような態度をとったのは、フェリクスになにか言い付けられていたからではないかという考えに思い至る。

公爵との会話からするとミシアはフェリクスに忠義を尽くしていて、彼のためならなんでもするといった感じだった。

フェリクスはリゼットが公爵を好きだと思い込んでいるから、公爵を近づけないよう言い含めているのだろう。

それなら公爵が訪ねてきたと聞いたときの一瞬硬くなった表情や、冷ややかな態度にも納得できるが、フェリクスが公爵から遠ざけようとするのがわからない。

園遊会で公爵と話をしているところに現れたときも不機嫌だったたし、まるでリゼットが公爵をたぶらかす悪女だとでも思っているみたいだ。

フェリクスがリゼットを信用していないのは知っているが、彼が公爵を守ろうとしているのが不思議だった。逆に公爵が未来の王である甥を女性の毒牙から守るためにリゼットを遠ざけようとするなら納得できるが、公爵はリゼットが王宮に滞在していることを面白がっているようにも見えた。

自分で撒《ま》いた種だが、フェリクスには本当のことを告げるべきなのかもしれない。そのためにはアリスのことを話さなければいけないが、レオンとは顔見知りのようだったたし、事情を話す代わりにレオンには黙っておいて欲しいと頼んでみてはどうだろう。

最初はフェリクスが大ごとにしてアリスの縁談がだめになっては困ると嘘をついたが、彼が人の幸せを強引に壊すような人ではないと感じ始めていた。

それに彼と接する機会が増えるにつれて、自分の中で騙していることへの罪悪感が次第に大きくなってくる。

フェリクスに事情を説明するのは、リゼット自身が罪悪感から解放されたいという逃げかもしれないが、いつまでも彼に悪者だと思われているのは嫌だった。

上手く説明できるかわからないけれど、フェリクスに理解して欲しい。彼にだけは嫌われたくないという自分の中にある感情に驚いてしまったが、それがリゼットの本心だった。

するとまるでリゼットの気持ちを見透かしたように、公爵を見送ったリゼットの元に、フェリクスの侍従が迎えにやってきた。

7

リゼットが連れて行かれたのは王宮内にある図書室だった。

自由に歩き回ることを許されていないリゼットは初めて訪れる場所だったが、フォーレ家が所有している本の何倍もある蔵書の数に目を丸くした。

部屋にはたくさんの書棚が並んでいて、さらには二階へと通じる螺旋《らせん》階段があり、見上げるとその先にもびっしりと書棚が並んでいるのが見てとれる。

読書をするとき用の座り心地の良さそうな布張りのソファーに、調べものをするためのマホガニーの机と椅子。床に敷かれた絨毯《じゅうたん》は毛脚が長くしっかりしたもので、音をしっかり吸収して、読書の邪魔をしないように考えられている。

リゼットが目を丸くして部屋を見回していると書棚の向こうからフェリクスが姿を現した。

「こっちだ」

手招きをされてあとをついていくと、窓のそばに先ほど見たものよりも少し華奢だが、艶のあるマホガニーの机と椅子が据えられ、その上には紙や羽ペンが置かれていた。

「あの、これは?」

「あなたの執筆場所を作った」

「え?」

リゼットはフェリクスの顔とマホガニーの机を交互に見つめた。

「これから物語を書くのならここを使うといい。資料となりそうな本もあるし、自分で書くのなら読むのも好きなのだろう?」

「はい、本を読むのは大好きですが」

ミシアがときおり本を運んできてくれてはいたが、自分で読みたい本を選ぶのと限られた本を読むのは違う。ここにある本をすべて読むことは難しいかもしれないが、今まで知らなかった世界を知ることができると思うと、それだけで胸が高鳴ってしまう。

「本当にここを使わせていただいていいのですか?」

嬉しさのあまり上擦った声で尋ねると、フェリクスが苦笑いを浮かべた。

「そんなに嬉しそうな顔をするのは王宮に来て初めてだな」

そう指摘され急に恥ずかしくなってしまう。そんなにあからさまにわかるほど態度に出ていただろうか。

「俺が本より格下なのは気に入らないが、あなたが喜んだのならそれでよしとしよう」

フェリクスは笑いながら手を伸ばし、リゼットの頭をあやすようにポンポンと叩いた。

その優しい仕草にドキリとして、自然と頬が赤らんでいくのを感じた。

「だがひとりで王宮内をうろつくな。女官長には伝えておくから必ず彼女を供に付けるように」

「はい、もちろんです」

園遊会以外はずっと部屋の中で過ごしていたリゼットは、図書室を使わせてもらえることだけでも嬉しくてたまらなかった。

でもどうして突然許可をくれる気になったのだろう。

「あの、どうして私に図書室を使うのを許可してくださったのですか？」

「女官長からあなたが少しずつ執筆をしていることを聞いたんだ。それに昨日も伯爵夫人にもっと書いて欲しいと頼まれていただろう」

執筆と呼べるほど大層なことでもないが、王宮での様子を少しずつ書き留めていたリゼットは頷いた。

「あなたさえ良ければこの部屋を使うといい。この部屋の他にも学者や貴族が自由にできる図書館が別にあるが、ここは王族だけが使える図書室だ。俺の両親はほとんどここを利用しないから、あなたが自由にすればいい」

「ありがとうございます！」

昨日の会話を聞いていて図書室のことを思いついてくれたのだろうが、こうして文具や机まで用意してくれている。こんな優しい心遣いをしてくれるのなら、本当のことを話しても理解してくれるのではないだろうか。

彼がなにを考えているのか知りたくてジッと見つめると、彼もこちらを見下ろしてふたりの視線が絡みつく。

初めてダンスを踊ったときは彼の表向きの顔を見て、素敵な人だと憧れた。でも公爵の書斎で口付けられてからは彼が女性にひどい扱いをする男性だったと思い幻滅してしまったのだ。

王宮に拘束されてからも淫らな行為を強要され戸惑ったけれど、彼が本気でリゼットをただ傷つけようとしているだけなら、とっくに押し倒され本当の意味での純潔を奪うことができたはずだった。

でもそれをしないのはリゼットを公爵から遠ざけたいのか、本当にリゼットを大切に思ってくれているかのどちらかの気がする。できれば後者であって欲しいと思うのは自惚《うぬぼ》れかもしれないが、今は強くそれを願う自分がいた。

「殿下」

「リゼット……俺は」

フェリクスの低い呟きと、リゼットの声が重なった。

「なんだ。言ってみろ」

「あの……」

自分は今なにを言おうとしていたのだろう。少しは自分を好いてくれているのか、そう尋ねようとしたのだろうか。

リゼットはその考えが恥ずかしくて、見つめ合っていた視線を外し俯いた。

「……お心遣いは嬉しいのですが、私はいつまで王宮にいなくてはならないのでしょうか」

一番聞きたかったことはそれではない。けれども本心を口にする心の準備がまだできていなかった。

しかし返ってきたフェリクスの声は硬いものだった。

「あなたは……まだ屋敷に帰りたいのか?」

今までと違う声の調子にリゼットはハッとして顔をあげた。

ここに囚《とら》われの身としては、早くフェリクスに許しを得て屋敷に帰りたいと考えるのは普通のことで、もう何度も口にした希望を言っただけだが、その顔は落胆しているように見える。

しかしいつまでも王宮にいて、フェリクスに悪い噂が立っては大変だし、ミシアの言う通りこうして度々ふたりきりになっていてはお互いのためにもよくないと感じていた。

「なにか不自由があるのか？」

「いえ、皆さん良くしてくださいますが……私がここにいる意味はあるのでしょうか？　殿下はまだ……私を疑っていらっしゃいますか？」

　リゼットは一番言いたかった言葉を口にした。

「あなたは……本当に」

　フェリクスがそこまで言い言葉を切る。憂いのある眼差しでジッとリゼットを見つめると、片手で頬に触れた。

　温かな手のひらで、まるで大切なものであるかのように優しく撫でられ胸がキュッと締めつけられる。

　ゆっくりと近づいてくるフェリクスの目が閉じられるのを見て、リゼットもそれに倣う。次の瞬間優しく唇が押しつけられて、全身を甘い痺れが駆け抜けた。

　お互いの唇を優しく擦りつけあい、鳥が啄《ついば》むような軽い戯れを繰り返す。激しくないのに胸が高鳴ってどうしようもなくなるような甘いキスは、本物の恋人同士のようだ。

「あなたを帰すつもりはない。あなたが叔父上のことを忘れるまではここにいてもらう」

　たった今甘いと思ったキスの余韻すら感じない暗い声で言うと、フェリクスはスッと身を引いた。

　なにか彼を怒らすようなことをしただろうか。リゼットがそう問いかけるよりも早く、フェリクスはリゼットの脇をすり抜け書棚の向こうに姿を消してしまう。すぐに扉が閉まる音がして、彼が出て行ったのだとわかった。

リゼットはフェリクスが消えた書棚の辺りを見つめながら、先ほどまで甘い熱を感じていた唇に触れた。

いつも身体の中の官能を無理矢理掻《か》き立《た》てられるようなキスをされるのに、触れるだけのこんな優しい口付けは初めてで、胸がキュッと締めつけられる。

あの優しく唇が触れた一瞬、フェリクスの想いが流れ込んできたような気がした。

フェリクスは自分に少しは好意を持ってくれているのではないかと考えるのは自惚れだろうか。あの一瞬、彼に愛しまれていると感じてしまったのだ。

もしリゼットが公爵に想いを寄せているのは嘘だと伝えたら、もっとあの優しい口付けをくれるのではないか。そこまで考えてリゼットは慌ててその考えを打ち消した。

なんて淫らなことを考えているのだろう。彼が自分のような小娘を相手にするはずがない。それにもし彼が結婚するとしたら、その相手は将来王妃になる人だ。そんな大役が自分に務まるとは思えなかった。

最初からわかっていたはずなのに、自分にそう言いきかせるたびに胸が痛む。この痛みは、本気でフェリクスに恋をしてしまっているからだ。

リゼットはいつの間にか自分の中で大きくなっていく気持ちに戸惑いつつ、これからフエリクスとどう接すればいいのだろうと不安になった。

翌日からフェリクスの好意に甘えて、図書室へ日参するようになった。もちろん彼の言うことを聞き、ミシアが毎日供をして、リゼットが図書室にいる間中付き添ってくれている。

付き添うと言ってもリゼットは机に向かったり読書をしたりなので、ミシアは邪魔にならないようにと少し離れたところに座り、本を読んで過ごしてくれていた。

フェリクスは図書室を執筆に使うよう提案してくれたが、あまりにも膨大な蔵書はリゼットの目を奪い、気づくと端から順番に書棚に並んだ本を眺めてしまう。

当然伯爵家とは比べものにならないほどの蔵書で、興味のあるタイトルを見つけるといちいち引っぱり出し中を確認する。これを繰り返していると半日などあっという間で、新しい物語を待っていてくれる義姉や甥姪には申しわけないが、執筆どころではなかった。

それに表向き蔵書の整理を手伝うという名目で滞在していたので、図書室で過ごせるのは対外的にも都合が良かった。

長く客間に滞在しているだけではいつか王宮でおかしな噂が立つのではないかと心配していたから、これでフェリクスに迷惑をかけずに済む。

しかしフェリクスがここまでしてリゼットを王宮に滞在させる理由がわからなかった。

そもそもスパイの疑いで閉じ込められたが、実際にそのことについて追及されたのは初めのうちで、最近のフェリクスはスパイという言葉を口にしなくなっている。

それよりもジョフロワ公爵に近づけないようにすることの方に気を配っているように思えるのだ。

リゼットはそこまで考えて、ハッとして手元の本に視線を戻す。

ここ数日図書室で夢中になって読書をしているはずなのに、気づくとこうしてフェリクスのことを考えているときがある。

彼のことを真剣に好きになってしまったのは自覚していたが、できればその想いは封印して忘れてしまいたいと思っていた。

リゼットの気配に気づいたのか、ミシアが立ちあがり近づいてくる。

「少しお疲れになったのではないですか？　お茶を入れますからご休憩なさってください。それに……今日もそろそろいらっしゃるのではないですか？」

決して歓迎していない、という口調でミシアが溜息をついたときだった。

扉が開く音がして、程なく書棚の間からジョフロワ公爵が姿を見せた。

「リゼット嬢、ご機嫌はいかがかな？」

「公爵様、ごきげんよう」

リゼットは読んでいた本にしおりを挟み椅子から立ちあがった。

「今日も熱心だね。お邪魔してもかまわない？」

「もちろんです。ちょうどお茶を飲もうと話をしていたところなのです」

「では女官長、こちらをリゼット嬢に」

公爵は手土産の包みをミシアに差し出した。

「……承知しました」

ミシアは唇に儀礼的な笑みを浮かべて包みを受け取ると、呼び鈴を鳴らし他の女官を呼びお茶の準備をするように指示を出した。

リゼットが図書室に通い出してから、なぜか公爵も毎日のように顔を出すようになった。最初は驚いたけれど、王弟である公爵は王族のひとりだからこの部屋を使う権利がある。

それに公爵はリゼットがフェリクスの手伝いで王宮に滞在していると思っているのだから、図書室で作業をしている姿を見せるのはカモフラージュにちょうどよかった。

別にリゼットの邪魔をするわけでもなく、しばらくお茶を飲んで帰っていく。本を探すわけでもなくただおしゃべりをして帰っていくのは不思議だったが、もっと気になるのはミシアの態度だった。

前にリゼットの客間に公爵が尋ねてきたときから、ミシアの公爵に対する態度が冷ややかすぎると感じていた。

公爵は顔を見せるたびに必ずミシアにも声をかけるのだが、彼女は良くも悪くもお行儀良く受け答えするものの、公爵に気を許す様子は見せなかった。

公爵をリゼットに近づけないよう言い含められていることは薄々感じていたが、冷ややかすぎる態度はそれ以外になにか公爵を嫌う要素でもあるのか心配になってしまうほどだ。

それも含めて、やはりフェリクスにきちんと説明をしなくてはならないと思っていて、アリスの名前さえ出さなければ事情を話してもいいのではないかと考え始めていた。

「それで、今日はどんな本を読んでいたんだい？」

「今日は神話についての本を読んでおりました。この国の成り立ちに関わっているお話もあって、とても興味深いです」

「そう。君がここでフェリクスの仕事をしている間、彼女はなにを？」

公爵がチラリとミシアに視線を向けた。

「彼女には申しわけないのですが、そちらで本を読んで過ごしてもらっています。私はひとりでもかまわないのですが、王太子殿下がひとりで歩き回ることを禁じられていらっしゃるので……いつも付き合わせてしまってごめんなさいね」

「とんでもございません。私のような者がこちらの蔵書を手にできるだけで畏れ多いことなのですから、リゼット様はお気になさらないでください」

ミシアがいつものように温かな言葉をかけてくれてホッとする。すると公爵も口を開く。

「女官長はどんな本が好みなのかな？　リゼット嬢のような物語や歴史書……ああ女性な

ら恋愛小説とか」

「私のような教養のない女まで気にかけていただきありがとうございます。ですが一女官のことなどどうぞお気になさらず」

慇懃《いんぎん》だが切り捨てるような物言いにも聞こえて、そばで聞いていたリゼットもドキリとする。ミシア自身が個人的に公爵を嫌っているように聞こえる。

公爵が腹を立てているのではないかと様子を窺ったが、ミシアの言葉に公爵はニコニコと嬉しそうな笑みを浮かべていて、今の言葉に笑顔になる要素があったかと首を傾げてしまう。

まさか冷たくされて喜んでいるということはないと思うが、リゼットには理解できない反応だ。

当然だが公爵は王宮内のことやフェリクスの幼少期についても詳しく、リゼット自身は図書室に来てくれる公爵を迷惑だと思ったことはない。しかしフェリクスにお目付役を任されているミシアとしては気が気ではないのかもしれない。

「今のフェリクスからは想像できないかもしれないが、あの子は、昔は勉強嫌いでね。いつも勉強の時間になると私の部屋に逃げてきたものだ。この図書室なんて、本を読むのではなくかくれんぼの場所だったたよ」

「まあ」

成人してからのフェリクスしか知らないから、勝手に生まれたときから立派な王太子だと思っていたけれど、彼にもそんな子ども時代があったのかと思うと唇が緩んでしまう。

「当時は私もまだ王宮に住んでいて、フェリクス可愛さのあまり部屋に匿《かくま》ってしまうものだから、教育係たちが大騒ぎして王宮の中を探し回っていたよ。ここの図書室は広いだろう？　書棚の間に隠れてしまったら簡単に見つけられることはないからね」

「ふふふっ」

今にも小さなフェリクスが書棚の向こうからひょっこり顔を出すような気がして、リゼットがクスクスと笑い声を漏らしたときだった。

「本人のいないところであれこれ話すのは止めていただきたいですね」

そう言いながら姿を見せたのはフェリクスだった。扉が開くのに気づかなかったが、そんなに公爵とのおしゃべりに夢中になっていただろうか。

「叔父上、公務は大丈夫なのですか？」

フェリクスの言葉に公爵はなぜか気まずそうな顔になる。今の言葉だと公爵は公務を抜けて図書室に来ているように聞こえる。

「ああ、今日はたまたま美味しい菓子が手に入ったからリゼット嬢に……」

「たまたまではないでしょう？　毎日顔を出してリゼットの邪魔をしていると報告を受けていますよ」

公爵に対してそんなふうに思ったことのないリゼットはギョッとしてしまったが、フェリクスと公爵の目はミシアに向けられていて、彼女はその視線を澄ました顔で受け止めている。

つまりミシアがリゼットの様子を逐一フェリクスに報告していたのだろう。フェリクスに囚われている身としてそれぐらいは当たり前だと思っていたが、そこまで公爵を警戒していたのには驚いた。

公爵に想いを寄せていると誤解させているから仕方がないが、それにしても警戒が強すぎる。

「いや、せっかく王宮にいるのに退屈させては可哀想だから誰かが」

「リゼットは俺の客人です。叔父上のご心配には及びません。それよりご自分のことを心配してはいかがです？　また俺のところに苦情の手紙が届いていましたよ」

「……いや、まあ……それは」

公爵がリゼットとミシアを交互に見つめながら視線を泳がせるのを見て、フェリクスの言っていることが本当だと気づき申しわけなくなった。

「公爵様、お付き合いいただいてありがとうございます。私は大丈夫ですからどうぞ公務にお戻りください」

「そ、そうだな。そろそろ失礼しようか」

リゼットの言葉に公爵はパッと立ちあがり、フェリクスから逃げるようにそそくさと部屋を出て行った。

扉の閉まる音がした次の瞬間、フェリクスが盛大な溜息をついた。

ミシアがお茶の準備を始めたのを見て、フェリクスが大きく手を振る。すると彼女は心得たように頷いて部屋を出て行ってしまった。

フェリクスは無言でソファーに腰を下ろすと、自分の隣をポンポンと叩く。隣に座れということらしい。

リゼットがそっと腰を下ろした瞬間、再び「はぁっ」と大きな溜息をつかれた。

「で、殿下?」

公爵への苦情がそんなにも大変な内容だったのだろうか? 控えめに声をかけると、フェリクスがソファーに身体を投げ出したまま横目でリゼットを見つめた。

「あなたは……そんなに叔父上がいいのか? 年の差もあるし、あなたには言っていなかったが、あの人は女癖が悪いんだ」

フェリクスの言葉にリゼットはやはり、と頷いた。

リゼットやミシアに話しかける様子から、女好きな人なのだとは薄々感じていた。しかしリゼットに対してはそれ以上どうこうしてこなかったし、むしろフェリクスとリゼットの関係の方に興味があるように感じられた。

「気づいていたのに、それでも叔父上がいいのか？　それなら俺の方が何十倍もマシだぞ」

拗《す》ねた子どものような顔で言い切ったフェリクスに、リゼットは噴き出してしまった。

先日も年を重ねたら公爵のようになるだのなんだの冗談を口にしてリゼットを笑わせたのだ。

「殿下と公爵様は比べようがございませんわ」

リゼットはクスクスと笑いながらフェリクスを見つめた。

「傷つくことをはっきり言うな」

そう言ってふて腐れるフェリクスを見て、リゼットは慌てて身を乗り出す。

「え？　あぁ、違います！　私は公爵様に殿下のような魅力を感じていないという意味で……あっ」

言い過ぎてしまったことに気づいて口を噤んだが、次の瞬間フェリクスに手首を掴まれてしまった。

「待て！　では……あなたの想い人は叔父ではなかったと言うのか？」

探るような眼差しで見つめられ、その光の強さに嘘をつききれず、目が泳いでたじろいだ表情を見せてしまった。

「では……やはりスパイなのか？」

「ち、違います！　誤解させてしまったかもしれませんが、公爵様は私の想い人ではないのです」

「ではどうして叔父上とはあんなに楽しそうにするんだ。俺とふたりでいてあなたがあんなふうにリラックスした表情を見せたり、笑い声をあげたことなどないだろう」

フェリクスの態度は明らかに苛立っていて、その苛立ちをどこにぶつければいいか迷っているように見える。

「それは……殿下の前では緊張してしまって……」

さすがにいつも疑われていて怖いとはっきりは言えない。それにフェリクスから見たら打ち解けていないように見えるかもしれないが、最近はこうして話をして一緒にいられる時間が楽しくなっていた。

「もう適当ないいわけにはうんざりだ。本当のことを言ってくれ」

摑まれていた手首を引き寄せられ、間近にフェリクスの顔が迫る。

「く、詳しくは話せませんが、公爵様の部屋には友人のために忍び込みました。友人が戯れで公爵様に恋文を送ったことを後悔していて、婚約者に知られる前に取り返さないと大変なことになると。私が忍び込んでそれを……取り戻したのです」

「またそんな嘘を。だいたい手紙を保管するのなら鍵のかかった引き出しを使うのが普通だ。鍵を探した様子も、引き出しを壊した様子もなかった。どうやって手紙を見つけたというのだ」

フェリクスの疑問も当然だ。しかし普通の令嬢なら難しいかもしれないがリゼットにはできるから、こんな無謀なことを思いついてしまったのだ。

「私にはできるのです。殿下はフォーレ家の領地では鍛冶が盛んなのはご存じでしょうか？　父は特に錠前作りに力を入れていて、兄や幼い私に……その、いろいろな技術を教え込んだのですわ。私はそちらの方の才能があったようで……」

伯爵家の令嬢が泥棒の才能があるなんて恥ずかしくて、最後の方は声が小さくなってしまう。

「あなたが錠前を……？　そんなことが本当にできるのか？」

「ええ、ちょっとしたものならへアピンがあれば」

するとずっと真意を探るような眼差しでリゼットの話を聞いていたフェリクスが声をあげて笑い出した。

「ははは。まさかあなたのような愛らしい女性がそんなことをするなど、確かに誰も疑わないな。しかし友人というのは嘘で、それはあなた自身のことではないのか？」

「え？」

「あなたが叔父上のことを好きなのは知っている。だが彼はあなたのような若い娘には興味がないんだ」

「ですからそれは誤解です！　私が公爵のことをお慕いしていると申し上げたのは、殿下に見つかってしまったので、あの場をなんとか切り抜けられたらと……」

アリスの名前は出さずに済んだが、これですべてを話してしまったことになる。もしこれでフェリクスが信じてくれなかったら、もう対処のしようがない。

もともと嘘をついたのは自分自身だが、アリスに返した手紙以外証拠になるものはないのだ。

「あなたは書斎で最初から俺だと気づいていたのか？」

「そ、それは……」

「あなたは俺だとわかっていて唇を差し出したのだな？」

「違います！　唇にキスをしてきたのは殿下です。私はそんなつもりなど」

まるで自分がとんでもなく淫らな女だと言われた気がして涙目になる。フェリクスがどうしてそんなことをしつこく追及してくるのかわからない。

リゼットがスパイでないと理解してくれたのなら、もう自由にさせてくれてもいいはずだ。

「殿下こそ私になど興味が無いのに、どうしてキスをなさったのですか？　最初から私だとお気づきだったのでしょう？」

だからこそ王宮の夜会でリゼットの元へやってきて脅してきたのだ。

「どういう意味だ?」

「これまで殿下と噂になるのは、殿下よりも年上の大人の女性ばかりと耳にしております。私が殿下のお相手が務まるような年齢ではないとわかっているのにひどいです」

珍しく責める口調になったリゼットの言葉に耳を傾けていたフェリクスは溜息をついた。

「そういう噂があるのは知っている。下手に言い寄られても面倒だからそのままにしていたが、あなたにまで誤解されていたのは誤算だったな」

「え?」

「俺と噂になっている女性たちは、すべて叔父上が戯れの恋の相手として手を出した女性で、騒ぎになって父上に知られないよう俺が尻拭いをしていたんだ」

「……」

「叔父上は後先を考えず気に入った女性に恋を仕掛けるから面倒なんだ。さっき苦情が来ていると言ったのは、その女性のひとりだ。どうやら最近は叔父上の方から、なにか言いたいことがあるなら俺に言えと言っているらしい」

フェリクスの言葉には納得できる部分がある。だとすれば公爵が度々図書室を訪れていたのは、ミシア目当てではないかという答えにたどり着くからだ。

あれだけミシアに塩対応されているのに嬉しそうなのは、彼女と関われることが嬉しいからではないかと考え始めていたところだった。

「いい加減ちゃんと結婚して落ち着いて欲しいと思ってるんだが。それに女官たちの間では有名な話だから、君も女官長あたりから話を聞いているとばかり思っていた」

リゼットの推測を裏付けるように言った。

ミシアはそれを知っていたから公爵に冷ややかな態度だったのだ。もちろんフェリクスからもリゼットのお目付役を言い付けられていたのかもしれないが、公爵に対して警戒が強かったのにも納得できる。

「では……すべてが誤解だったということですか？」

「そういうことになるな。あなたが最初に嘘をつかなかったら、もっと早く決着がついていたはずだ」

そう言われてしまうとその通りだが、最初の夜に問い詰めてきたフェリクスの口調が恐ろしくて、なんとか切り抜けようと嘘をついたのだ。

「殿下が怖かったから嘘をつくしかなかったのです」

「俺のせいだと？」

「そうではないですけれど、でも話し方が怖かったのです！」

リゼットは思わず拗ねた子どものように頬を膨らませてしまう。いつの間にフェリクスにこんなに強く言い返せるようになったのだと自分でも驚いてしまうが、彼がその態度に気分を害した様子もない。

「それで？　友人は無事に婚約者と上手く行っているのか？」

リゼットの交友関係などとっくに知っているフェリクスなら、すでに友人がアリスであること、その相手がレオンだと見当がついているだろう。しかし敢えて名前を出さないのは、それ以上は言及するつもりがないということらしい。

リゼットが頷くと、フェリクスが呆れたように言った。

「まったく……友人のためとはいえ、自分は悪くないのにスパイの汚名を着るなんてなにを考えているんだ」

フェリクスには理解できないかもしれないが、アリスはリゼットにとって家族と同じぐらい大切な人なのだ。

「友人のために好きでもない男に身体を自由にされていたんだぞ？」

その言葉を聞き、フェリクスが呆れている理由も理解できた。リゼットだって相手がフェリクスでなければとっくに本当のことを話して王宮を逃げ出していただろう。

でもフェリクスに問い詰められるのが怖いと思いつつ、彼に憧れていた気持ちが顔を出してもう少し彼のそばで過ごしてみたいと思ってしまった。

それにこんなことでもなければ、フェリクスは自分のことになど興味を持たなかったのだから、せっかくのチャンスだと感じたのだ。

「私は……殿下に憧れていたんです。殿下は覚えていらっしゃらないと思いますが、殿下に一度だけダンスを踊ってもらって、とっても楽しかったんです。信じてもらえないかもしれませんが、殿下が相手だったのでキスをされても本気で拒むことができなかったのです」

我ながら大胆な告白だと思うが、もうフェリクスとの接点がなくなってしまうのなら、この想いを伝えておきたかった。

「今まで申しわけございませんでした。短い時間でしたが殿下のおそばで過ごすことができて幸せでした」

リゼットはソファーから立ちあがりフェリクスに向かって深々と頭を下げた。これまで誤解させたことを謝罪したつもりだったが、頭をあげた瞬間フェリクスの仏頂面が待っていたことに戸惑ってしまう。

これはかなり腹を立てているときの表情だ。短い付き合いながらなんとなくフェリクスの気持ちを感じ取れるようになっていたリゼットは、彼に許してもらえないだろうという予感に泣きたくなった。

「もう……こうしてお話しする機会もないと思いますが……お世話になりました」

このままここにいたら泣いてしまいそうで、深々と頭を下げて図書室を出て行こうとしたリゼットの手首をフェリクスが再び掴んだ。

「待て！　なにを言ってるんだ？　おかしいだろう！」

「えっ？」

「あなたは俺が好きなのだろう？　それなのになぜ王宮を出て行くというのだ」

その問いにリゼットはわずかに首を傾げた。

「で、でも、殿下は私の話を信じてくださったのですよね？　それならもう王宮に留まる理由は」

「理由ならあるだろう！　散々俺を焦らして振り回したのだから、一生をかけて償ってもらおう」

「え？」

つまり今度はフェリクスに嘘をついたことを罪に問うと言いたいのだろうか。

確かに王太子を騙して、公爵の書斎に忍び込んで手紙を盗んだのだから不問にしてもらえると思っていたのは虫がよすぎたかもしれない。

でも正式に罪を問われるとなると、フォーレ家の名前を傷つけ、兄と義姉に迷惑をかけてしまうことになる。

一生をかけて償うということは、牢に繋がれるか幽閉か、悪くすると国外追放だってありえる話だ。リゼットは改めて自分がしたことの罪の重さに血の気が引いていくのを感じた。

「おい、またおかしなことを考えているだろう」

暗い顔をして黙り込むリゼットをフェリクスの声が現実に引き戻す。

「一生かけて償えというのは、俺と結婚してそばにいろという意味だぞ？」

真っ直ぐに瞳の中を覗き込まれ、そんなこともわからないのかというフェリクスの表情にすぐには言葉が出てこない。

「俺はあなたに結婚を申し込んだだろう。両陛下が証人なのだから忘れたとは言わせないぞ」

「……え？　あれは、私を傷物にしたから責任をとってやるという意味では……」

「鈍感な女だな！　あなたと結婚したいとはっきりと言ったはずだ！」

あの時フェリクスは確かに結婚のことを口にしたが、あれはリゼットにというより、両陛下に宣言をしただけでリゼットの意思など無視していたはずだ。

「いいか？　あなたは俺が好きで俺もあなたを……愛している。その先に結婚以外のなにがあるというのだ」

フェリクスから初めてきちんと愛の言葉を聞かされ、今まで不安しか渦巻いていなかった胸が、高揚した想いでいっぱいになる。

最初に脅されたせいで誤解していたリゼットも悪いが、本気で結婚を考えていることをはっきり口にしてくれなかったフェリクスにも問題がある。でも今は恨み言をいう余裕もないほど、フェリクスの〝愛している〟という言葉が頭の中をぐるぐる回っていて、それ以外のことは考えられなかった。

目を見開き驚きのあまり小さく震えるリゼットの身体をフェリクスが抱き寄せる。お互いの胸が触れあう距離で見つめ合うと、身体の中で暴れ回っている心臓の音が彼に伝わるのではないかと恥ずかしくなった。

「リゼット・フォーレ。俺と結婚して一生俺のそばにいると誓え」

知らない人が聞いたら、すべてが自分の思い通りになると思っている傲慢な王族の言葉に聞こえるだろう。しかしリゼットにはフェリクスならではの強がりだとわかる。

彼はリゼットを失うことを恐れていて、だからこそこんな尊大ないい方をするのだ。

どうしてそんなことがわかるのだと笑われるかもしれないが、彼を失うのが怖いのはリゼットも同じで、フェリクスの愛の言葉を耳にした瞬間から心はもう彼のものになっていた。

「本当に……殿下のおそばにいてもいいのですか？」

「言っておくがあなたに選択肢はない。俺があなたを妻にすると決めたのだ」

「はい」

結婚を申し込むのにこんなに威丈高《いたけだか》な人がいるだろうか。リゼットはそんなことを考えながらにっこりと微笑んで頷いた。その瞬間目尻からポロリと涙が一滴零《こぼ》れ落《お》ち、滴で濡れた頬にフェリクスが唇を押しつけた。

「これまでひどいことをして……すまなかった」

頬に触れていた唇がリゼットのそれと重なって、口付けはすぐに深くなる。これまで少し怖いと感じていたフェリクスとのキスだが、思いが通じ合った今、リゼットも彼を受け入れるために自分から唇を開く。

ぬるりと入ってくる熱い舌に、背筋がブルリと震える。すると大きな手があやすように背中を撫で下ろし、震えが止まらなくなってしまう。

ふたりの舌が絡みつき、頬の付け根の方から唾液がドッと溢れてくる。フェリクスが器用にそれを啜《すす》る音が図書室の中に響きわたり、ソファーに腰掛けているのにクラクラしてきてフェリクスの胸にもたれかかってしまう。

力強い腕に抱き留められてフェリクスがさらに覆い被さってくる。これまでなら怖くてたまらなかったのに、フェリクスのキスが気持ちよくてたまらない。彼の腕の中の心地よさにうっとりとしてしまった。

フェリクスに身も心も委ねていることに安心感を覚え、手を伸ばし広い胸にすがりついたときだった。

フェリクスが突然パッと顔をあげ、ソファーから立ちあがる。

なにが起きたのかわからず目を丸くすると、フェリクスが腕を伸ばしリゼットの身体を抱きあげてしまった。

「ええっ⁉」

突然高くなった視界に驚いてフェリクスの胸にしがみつくと、フェリクスはなにも言わずに書棚の間を抜け扉へと向かう。

瞬《まばた》きを繰り返しているうちに扉が開き、扉のそばで待機していたであろうミシアがふたりの姿をギョッとした顔で見上げていた。

「殿下⁉」

「リゼット嬢は急病だ。俺の部屋で休ませる。治療には朝までかかるからおまえは部屋に戻っていろ」

フェリクスはそれだけ言うとミシアの返事も待たず、リゼットを抱いたまま早足でその場をあとにしてしまった。

8

王宮の廊下を縫って連れて行かれたのはフェリクスの私室で、それを確かめるよりも早くリゼットの身体は広いベッドの上に放り出されていた。

天蓋のついた大きなベッドには紗《しゃ》のカーテンがついていたが、すべて巻き上げられていて部屋の中を見通すことができる。

なにが起きているのか知るために起き上がろうとして腕を突っ張ったが、素早くベッドに上がってきたフェリクスが覆い被さってきて、すぐに仰向《あおむ》けにされてしまった。

「……」

さすがにベッドの上に連れてこられたら、フェリクスがなにをしようとしているかぐらい理解できる。それにミシアに向かって治療は朝までかかると言ったのだから、一晩中リゼットをこの部屋に閉じ込めておくつもりなのだろう。

男女の間に起こる出来事はなんとなく知っているし、フェリクスに身体を触られたのもその行為の一部だとわかっているけれど、果たしてそれが朝までかかるようなものなのかまではわからなかった。

ただフェリクスの鳶色の瞳がいつもよりギラついていて、なんとなく身の危険を感じてしまう。愛する男性に失礼だが、今日のフェリクスは獣のようだ。

そしてその感想が間違いではなかったとすぐに思い知ることになった。

「で、殿下……?」

突然部屋に連れ込まれて不安のあまりそう呼びかけると、フェリクスは唇を歪めて返事の代わりにリゼットの唇を奪った。

「ン……ぅ……ふぅ……」

濡れた唇がリゼットの唇に重なり、隙間から熱い舌がねじ込まれる。ぬるつく舌で口の中を舐《な》め回《まわ》されて、肉厚の舌がリゼットの小さな舌に擦りつけられた。

「ん……んぅ……っ……」

息ができないほど口の中がフェリクスでいっぱいになって、リゼットは苦しさのあまり鼻を鳴らしてしまった。

「フェリクスと呼べ」

重なり合った唇の隙間でフェリクスがそう呟いたが、呼吸が乱れてその名前を口にすることができなかった。

「はぁ……はぁ……っ」

「そういうときは鼻で息をすればいいだろう」

荒い呼吸をするリゼットを見てフェリクスが笑ったが、いつもいきなり激しいキスをしてくるから、そんなことを考える余裕がないのだ。

「で、殿下が……激しすぎるんです。もっと優しく……ゆっくりしてください」

リゼットは涙目になって訴えた。その顔を見たフェリクスが小さく息を呑む。

「そ、そんな目で見るんじゃない。この期に及んでまだ俺を焦らそうとするんだな」

「じ、焦らしてなんて……」

なぜそんなことを言われるのかわからない。戸惑った顔をするリゼットの頬を大きな手が撫でた。

「まあいい。大切な夜だからあなたの希望通り優しくしてやる」

フェリクスは優しく微笑むと、今度はリゼットの唇にそっと口付けた。

唇で唇を挟んで優しく吸い上げる。チュッと音を立てて離れたかと思うと、唇の隙間を舌先が擽って、まるで子どもが手遊びでもしているみたいだ。

触れるだけのキスなのにフェリクスが優しくしようとしてくれているのが伝わってきて、身体がじんわりと熱を持つ。

「ん……ん……」

もう少しだけ深く口付けたい。そんな物足りなさに自分から舌を出してフェリクスの唇を舐めてみる。するとフェリクスが唇を開けてリゼットの舌を迎え入れてくれた。

「ん……」

フェリクスの中は生温かく濡れていて柔らかい。リゼットを待っているのか、フェリクスの舌が動く気配はない。

どうしていいのかわからず、フェリクスがしていたように舌先で歯列をなぞったり頬裏を舐めると、リゼットの上でフェリクスの身体が震えたような気がした。

彼も口付けで感じるのだと思うと気分が高揚してきて、リゼットはさらに舌を動かして、今度はフェリクスの舌に自分のそれを擦りつける。

するとそれを待っていたかのようにフェリクスの舌が絡みついてきた。

「ンッ……」

驚いて舌を引っ込めようとしたけれど、強く吸われて引き戻されてしまう。口を大きく開けて舌を差し出しているせいで、キスで溺れるかもしれないと心配になるほど口の中に唾液が溢れ、唇の端から伝い落ちていく。

「はぁ……ん……ぅ……」

気づくとフェリクスの手がドレスの上からリゼットの柔らかな胸を揉みしだいていて、太い指がドレスの上から器用に尖端を見つけ出し、その場所を指で押す。

「んっ、んっう」

フェリクスに弄られている場所が疼いて、ドレスの下でジンジンと痺れてくるのがわかる。公爵の書斎でその場所をこの舌で舐められたのだと思い出すだけで、身体が熱くなるのを感じた。

「んぅ、ふ……ぅ！」

苦しさのあまり必死で舌を引くと、フェリクスの唇から引き抜かれる瞬間チュプッと卑《ひ》猥《わい》な水音がした。

「はぁ……」

唇から溢れた自身の唾液で顔が濡れているけれど、頭の芯が痺れてそれを拭うという思考にまでたどり着かない。その代わりにフェリクスの舌がリゼットの顎や首にまで垂れた滴を舐めとった。

「ん、やぁ……ン！」

肌がすっかり敏感になっていて、舌が動くたびに擽ったさに声が漏れてしまう。

「思いの外キスが上手いじゃないか。こんなキスをされるのなら焦らされるのも悪くないな」

「……っ！」

自分からフェリクスの中に舌を入れたことは認めるが、すぐにフェリクス主導のキスに変わっていたはずだ。まだフェリクスの言っていることのすべてが理解できているわけではないが、彼が淫らな意味でリゼットをからかっているのはわかる。

「で、殿下は……意地悪です。優しくすると……おっしゃったのに……」

リゼットはこんなにも恥ずかしくてたまらないのに、彼が余裕の顔をしているのが憎らしくてたまらない。

「俺のどこが意地悪だと言うんだ。愛しいあなたを怖がらせないように精一杯自分を抑えているというのに」

「……」

「それにフェリクスと呼べと言っただろう。今後俺のことを殿下と呼んだらその都度罰を与える」

「えっ⁉」

罰という言葉に怯えた顔をするリゼットを見て、フェリクスは満足げにクツクツと喉を鳴らした。

「敏感なあなたのことだから、罰もすぐに好きになってしまうかもしれないな」

そう言いながらリゼットの白い首筋に指を滑らせた。

含みのある言い方だが、身体になにかするつもりなのはわかる。

乏しい知識でなにをされるのか想像しただけで、どんなことなのかわかりもしないのに身体が熱くなってくる。言葉だけでこんな気分になるなんて、自分は本当はいやらしい女なのかもしれないと思ってしまった。

「さあ、おしゃべりはおしまいだ。俺がどれほど焦れているかあなたにはわからないだろうな」

　フェリクスはリゼットの身体を横に向けると背中にあるホックや紐を解いていく。すぐに胴回りが緩んでドレスが引き下げられた。

「あっ」

　慌てて胸元を押さえたけれど、そのまま するりと腰の辺りまで脱がされ、気づいたときにはシュミーズとドロワーズだけの姿にされてしまう。

「お、お待ちください！」

「もう十分待ったと言っただろう？　本当は初めてあなたと口付けたあの日にすべて奪ってしまいたかったんだ」

　ドレスから零れた胸を愛撫されたときのことを言っているのだろう。あの時どうやって書斎から逃げ出したのかもよく覚えていない。ただ易々と口付けを許し身体に触れられた自分の迂闊《うかつ》さを恥じていたのだけは記憶に刻みつけられていた。

「執務室であなたに触れたときだって、あの場であなたを手に入れることもできた。いい加減……俺にあなたを抱かせてくれ」

　いつも余裕のある自信たっぷりの口調で話すフェリクスの声が、今日は切羽詰まったように聞こえる。少し切なげで、胸が苦しくなるような声だ。

「私も……」

上手く言葉にできないが、フェリクスの温《ぬく》もりを感じて抱きしめられたかった。もうそれはほとんど叶っていると言えるが、フェリクスが望むようにしてあげたい。

リゼットは羞恥心を押し殺して抵抗をやめる。それに気づいたフェリクスが再び手を動かし始めた。

着衣を脱がそうとするフェリクスの指がときおり素肌に触れて擽ったい。これからこの手でさらにあちこち触れられるのだと想像すると、心臓がいつもより大きな音を立てた。

「……っ」

あっという間にシュミーズとドロワーズまで脱がされ、一糸纏《まと》わぬ姿にされたときは、恥ずかしさのあまり身体を縮こまらせて両手で身体を覆ってしまった。

「寒いのか？」

フェリクスはそう尋ねたが、身体は微熱があるときのように火照っていたので、正直に首を横に振った。

「ではかまわないな」

なにがかまわないというのだろう。それを理解する前に両手を左右に開かされ、胸の膨らみをフェリクスの目に晒すことになってしまった。

「ずっとあなたのすべてを見たかった……」

「そんなに……ご覧に、ならないでください……」

「なぜだ。こんなに美しいのに隠す必要などないだろう。それにもう一度この愛らしい胸は見せてもらった」

「……っ」

たとえそうだとしても、やはり生まれたままの姿を見られるのは恥ずかしいのだ。

そもそも幼い頃から淑女は男性に素肌を晒すものではないと教えられ、大人になるにつれてドレスの裾が長くなり、足首すら見せてはいけないと言われてきた。

成人して社交界に出るため初めて夜会服を仕立ててもらったときなど、襟回りが大きく開いていたり、二の腕が剝き出しになるドレスに罪の意識を感じたほどだ。

「そ、それとこれとは……」

羞恥のあまりふるふると震えるリゼットを見て、フェリクスは安心させるように唇に笑みを浮かべた。

「怖がるな。あなたが感じる場所はもうちゃんとわかっているから、もう俺なしでいられないぐらい良くしてやる」

フェリクスはそう言うと口を開け、すでにツンと立ちあがり始めている乳首を含んだ。

「……あ！」

なんとも言えない刺激にギュッと目を瞑る直前、一瞬だけ見えたフェリクスの舌の赤さが眼裏に広がる。

先ほどドレスの上から押し潰されていた乳首が、フェリクスの口腔に迎え入れられたとたん、さらに硬く張りつめていくのを感じた。

「あ、ン……や……んんっ、はぁ……っ」

最初は唇で優しく包みこむように扱《しご》かれ、摩擦されるたびに尖端が敏感になっていくのがわかる。

フェリクスの唾液にまみれてヌルヌルと擦られるたびに甘い快感が生まれ、身体中に広がって肌が粟立っていく。

フェリクスは片方の乳首がすっかり硬く膨らむと、もう一方も同じようになるまでたっぷりと愛撫した。

「ん、はぁ……あ、あぁ……」

気づくと両手は自由になっていて、その代わりにフェリクスの手のひらが胸の膨らみを鷲づかみにし、ギュッと乳首を押し出す。

舌で乳首を飴玉《あめだま》のように舐め転がしては甘噛《あまが》みをするのを繰り返される。次第に尖端がジンジンと痺れてきて、リゼットは甘い愉悦を逃がすように身体を揺らした。

「やぁ……ン、噛《か》んじゃ……いや……」

「嫌ではないだろう？　その証拠にあなたから甘い香りがしてきた」

なんのことを言われているのかわからずフェリクスを見上げると、彼はうっすらと笑いながら片手を腹部へ滑らせ、足の間へと潜り込ませる。

次の瞬間ぬるりと指が下肢を撫でる濡れた感触に目を見開いた。

「あぁ……っ」

フェリクスはそんなリゼットと見つめ合いながら足の間で指を上下させると、一瞬ですっかり愛蜜まみれになった指を目の前にかざして見せた。

「わかるか？　あなたから溢れる蜜の香りだ」

先ほどまで乳首を舐め転がしていた舌を出し、濡れそぼった指に這わせる。体液を舐めるなどと言う淫猥《いんわい》な光景を目にして頭の中が真っ白になった。

「うん。甘いな」

フェリクスは甘美な果実でも味わうように言ったが、体液なのだから甘いはずがない。汗や涙と同じように塩辛いはずだ。

そう言い返したいのに羞恥のあまり言葉が出てこず、イヤイヤと頭を振ることしかできなかった。

「この前指で可愛がったときに愛らしい声で啼《な》いていた場所だ。ちゃんと身体は覚えているからこんなに濡れて、早く俺にまた可愛がって欲しいと言っているんだ」

あの時は下肢に指で触れられ、身体の奥で熱が暴れ回って、それが突然弾けてなにも考えられなくなったのだ。

身体が浮き上がってどこまでも昇っていくような高揚感と、その高いところから突き落とされるような不思議な感覚を同時に味わった。

もう一度あれを味わうのは怖い。リゼットがそう思ったとき、フェリクスは両足を折るようにして大きく広げさせた。

立ちあがった足の間にフェリクスが身体を滑り込ませ、嫌でも濡れた下肢がフェリクスの目の前に剝き出しになる。

「いやぁ……！」

はしたなく濡れてしまった下肢を見られるのは恥ずかしすぎて今すぐ消えてしまいたくなる。思わずジタバタと足を動かしてしまったが、フェリクスはそれを器用に避けて逃げ出せないように太股を抱え込んでしまった。

さらに蜜で溢れた花弁にフェリクスの顔が近くなってしまい、羞恥のあまり涙目になる。

「み、見ないで……」

「綺麗な場所なのだから隠す必要などない。あなたの顔みたいに真っ赤になって……ほら、入口がヒクヒク震えている」

卑猥な言葉と共に長い指が濡れ襞に這わされ、蜜源の入口を擽る。

「ひ、ん……いやぁ、ン……！」

指が浅いところをヌルヌルと出入りし、擽ったいような物足りないようなもどかしさに腰が勝手に揺れてしまう。

「そんなに急《せ》かすな。ちゃんと奥まで入れてやろう」

ぬぷりと長い指が隘路を割って挿《は》ってくる。一度受け入れたことがあるからか、フェリクスの筋張った指は難なくリゼットの胎内に沈んでしまった。

「んんっ」

ブルリと身体を震わせると自分の意思に関係なく膣壁がキュッとフェリクスの指を締めつける。するとフェリクスが小さく笑いを漏らす。

「すごい締めつけで押し出されてしまいそうだな」

それがいいのか悪いのかわからず、もうなにも言って欲しくなくて、リゼットはふるふると首を横に振る。

フェリクスはリゼットの反応を見ながら、胎内を探るように指を抽挿させ始めた。

「あぁ……やっ、あっ……はぁっ」

膣洞でフェリクスの指がわずかに曲げられ、お腹の裏側を指で何度も擦られると奥の方で尿意にも似たなにかが湧き上がってくる。まだそれが快感であると気づかないリゼットは腰が勝手に浮き上がるような愉悦が怖くてたまらなかった。

フェリクスの前で恥ずかしい声をあげてしまうことも、下肢が蜜で溢れてしまうことも、心のどこかでもっとして欲しいと声が聞こえるのも嫌でたまらない。

それなのにフェリクスの指は隘路の感じやすい場所を探しては、そこばかり刺激してくるのだ。

「あ、ふぁ……ん、んぅ……」

クチュクチュと水音が大きくなり、腰が重く感じられる。フェリクスはこんな痴態を見せるリゼットをどう見ているのか気になったが、それを確認する余裕はなかった。

「だいぶ柔らかくなってきたな。もうこちらも勃っているんじゃないのか」

またフェリクスが理解できないことを口にする。

「今日はこちらを舐めてやろう」

舐める？　胸を愛撫したときのように？　ついさっき目にしたフェリクスの赤い舌を思い浮かべた瞬間彼がなにをしようとしているかに気づく。

「そ、それはいけません！」

すぐに止めようとしたがフェリクスが聞くはずもなく、あの赤い舌が濡れそぼった花弁に押しつけられた。

「ひぁっん！」

ぬるりと舌が花弁を舐め、指とは比べものにならないほどの愉悦が腰から這い上がってきた。

　思わずシーツを蹴って強い愉悦から逃れようとしたけれど、フェリクスの腕が腰を抱え込んでいてそれを阻む。

　フェリクスはピチャピチャと音を立てて肉襞を舐めながら、蜜孔の浅いところで指を出し入れする。

「あっ、あぁっ、だめ……一緒、しない、で……」

　指で膣壁を擦られるだけでも感じてしまうのに、濡れ襞を舐められたらもうどうしていいのかわからなくなる。

　この愉悦から逃げたいのにフェリクスの舌と指がそれを許してくれず、リゼットは快感の渦の中に飲み込まれてしまう。

「敏感でいい反応だ。理想的な身体だな」

　フェリクスは嬉しそうに呟くと、舌をさらに濡れ襞の奥へ這わせる。そこは前に指で押し潰されたり揺さぶられておかしくなった場所だ。そんなところを舌で舐められたらどうなってしまうのだろうと思っていると、長い指が重なり合った肉襞を割り開き、舌先が一点に触れた。

「きゃっン！」

　ビリッと刺激が走って悲鳴をあげる。以前刺激されたときは肉襞の奥に埋もれていた場所が指で剝き出しにされたらしい。

「ほら、もうこんなに勃ち上がって赤く熟れているじゃないか」

自分で見ることもできない場所を、フェリクスが愛《め》でるかのように話すのが恥ずかしい。それはフェリクスの目に晒されて許される場所なのだろうか。

「んっ、あっ、あぁっ」

舌先が小さな粒を突き回し、そのたびにリゼットの腰が跳ねる。一度だけ味わった熱いものが身体の中で暴れ回る感覚を思い出し怖くなった。

「きゃっ！　やっ……あっ、これ……んんっ……」

舌先で粒を擽られたり押し潰されたりして、そのたびに全身に広がる愉悦に頭がおかしくなりそうだ。

これ以上触れられたら自分でもどうなるかわからない。足をバタつかせて、なんとかフェリクスの舌から逃れられないかともがくが愛撫が止まることはない。

「こら、逃げるんじゃない」

逆に両手を太股の裏に回して抱え込まれると、フェリクスがリゼットに見せつけるように大きく口を開けて花弁にむしゃぶりついた。

「あああっ！」

濡れて温かな熱に覆われ、ぬるつく舌で舐め回されて、ときおりジュルリと愛蜜が吸い上げられる音がする。このまま身体中の水分を飲み尽くされてしまうのではないかと心配になるほどだ。

「胎内を弄ったときよりいい反応だ。そのままイッてしまえ」

フェリクスは花弁を咥えたままそう呟くと舌先で柔らかく解《ほぐ》れた肉襞の奥を探る。先ほど舌で虐められた肉粒を見つけると唇でチュッと吸い上げた。

「ひぁン‼」

リゼットが腰を跳ね上げると、さらにその場所をチュウチュウと吸い上げる。慣れない強い刺激に全身が震えて腰がガクガクと痙攣し始める。

「や、やぁ、いやぁ……！」

強い刺激に涙が溢れてきて、唇から高い声が漏れる。背中を大きく反らせてビクビクと震えながら上りつめてしまった。

頭の中が真っ白になって、今自分がどこにいるのかわからなくなる。ほんの一瞬だが意識が飛んでいたのではないかと思うほどだ。

荒い呼吸を繰り返しながらくったりとシーツの上に身体を投げ出すと、覆い被さってきたフェリクスに力一杯抱きしめられてしまった。

「俺のリゼット。なんて可愛い反応をするんだ。もう絶対に離さないぞ……」

広い胸の中に頭を抱え込まれて、シャツ越しに感じるフェリクスの体温は心地いいが、まだ荒い呼吸が収まらず言葉が出てこない。

「はぁ……っ……」

フェリクスはリゼットをそっと横たえると、着ていたものを脱ぎ捨てて隣に横になり再び抱き寄せてくる。

「もっと良くしてやる」

そう囁くと片手で腰を引き寄せ、そのまま硬く尖《とが》った乳首に吸いついた。

「あっン！」

チュパチュパと音を立てて乳首を吸い上げながら、もう一方の手を秘処へと滑らせる。

そのまますっかり柔らかくなった蜜孔に指を押し込んだ。

「ひあっ、ン！」

一度に長い指が二本も押し込まれ、リゼットの胎内が大きく戦慄く。達したばかりで気《け》怠《だる》いはずの身体はリゼットの意思に反して快感に貪欲で、すぐに肌が粟立ってくる。

グチュグチュと音を立てて胎内を掻《か》き回《まわ》され、快感を覚えた膣洞はフェリクスの指を相変わらず強く締めつけている。あまりにもお腹の奥がキュウキュウと収斂して痛いぐらいだ。

「あっ、ん、もぉ……いやぁ……」

これ以上感じさせられたらおかしくなってしまう。それにもう一度あの強い刺激を味わうのは怖い。頭ではそう思っているのに腰が勝手に浮き上がって、まるでフェリクスの指の動きに合わせて腰を振っているように見えてしまう。

「んっ、んっ、ふ……ぁ……」

わずかに曲げられた指がお腹の裏の敏感な場所を擦り、押し込まれるたびに手のひらが吸われて大きくなった肉粒に押しつけられる。すでに唇でたっぷり愛撫されたそこは手のひらで擦れるたびに疼いてしまって、震えるような快感が身体の中を駆け抜けていく。

自分でもほとんど触れたことがない場所なのにフェリクスの指で触れられると、どうしてこんなにも身体が疼いてしまうのかわからない。

「や、や、んん……っ、あぁ……はぁ……！」

快感で腰がジンジンと痺れてなにも考えられない。もう十分だと思うのにフェリクスがさらに激しく乳首を舐めしゃぶるので、快感で頭がおかしくなりそうだ。

「んっ、ふ……あぁっ、吸わない、で……っ」

フェリクスの口の中で激しく扱かれ、チュプチュプといやらしい水音が間近で聞こえる。尖端がじんじんと痺れて甘い愉悦以外感じなくなっていく。

「はぁ……ん、や……ぁ……あ、あ、あぁ……！」

一度達してしまった身体は刺激に敏感になっていて、フェリクスの唇と指はリゼットを簡単に高みへと押しあげてしまった。

二度も続けて達してしまったリゼットは今にも気を失いそうだったが、フェリクスは息も絶え絶えのリゼットの上に覆い被さってくる。

「もう……限界だ。あなたの中に挿らせてくれ」

すでに力の入らなくなった足はだらりと投げ出されていて、フェリクスはその間に身体を割り込ませてくる。

「あ……」

力の抜けた身体は重いはずなのに、フェリクスは易々と白い太股を持ち上げしとどに濡れた蜜孔に硬く膨れあがった雄の尖端を押しつけた。

なにをされるのかわかったけれど、手足が重くて力が入らない。硬いものをグリッと押しつけられたとたん、薄い粘膜を引き延ばすように尖端の膨らみが隘路を分け入ってきた。

「……んんぁ！」

強引に押し込まれるというより慎重に押し進むという感じだが、指とは比べものにならない太く熱い肉竿は、リゼットの身体に少なからず痛みを与えた。

「あ、や……まっ、て……！」

こんな痛みがあるなんて知らない。誰も教えてくれなかったと抗議をしたいぐらいだ。

しかしリゼットのそんな気持ちなど知らないフェリクスは、粘膜を引き伸ばしながら熱の塊で膣洞を押し開いていく。

「……ひぁ……く……ぅ……ン！」

先ほどまで感じていた甘い愉悦に変わって身体を支配する痛みに涙が溢れてくる。苦しさのあまり柔らかな胸を揺らし身を捩《よじ》ると、抱えられていた足が自由になった。しかしその代わりに華奢な身体を押さえつけるようにフェリクスが覆い被さってくる。

「あぁっ！」

押さえつけられた勢いで雄竿がずぷりと身体の奥まで沈みこみ、リゼットはフェリクスの胸の下で背中を大きく仰け反らせた。

「あぁぁ……！」

身体を引き裂かれるような痛みと火傷しそうな雄竿の熱に目の前で白い光がいくつも弾ける。痛みのあまり痙攣するリゼットの身体をフェリクスがギュッと抱きしめた。

「あ……あ……っ……」

フェリクスの腕の中でビクビクと華奢な身体が跳ね、身体の中がズクズクと痛んで苦しい。フェリクスがこうして抱きしめてくれなければ、痛みのあまり大声で泣き出していたかもしれなかった。

「リゼット……大丈夫か？」

気遣うように顔を覗き込んできたフェリクスの声も苦しそうだ。それが自分の狭い膣洞のせいだとは知らず、リゼットは涙声で訴えた。

「や……もぉ……抜いて、くださ……」

最初の衝撃よりも痛みは和らいでいたが、鈍い痛みは続いている。世の女性はこんな痛みのある行為を許容できているのだろうか。

以前子どもを成すために必要なことで、結婚したら繰り返し行うものだと教わったが、リゼットは二度とこんなことはしたくないと思った。

「痛いのはもう終わりだ。あとは少しずつよくなるはずだ」

リゼットの考えていることがわかっているような口ぶりだが、今は早く雄竿を抜いて欲しくてたまらない。

「も、いや、です……」

痛みのあまりたどたどしく訴えると、フェリクスは仕方なさそうに頷いた。

「では一度抜くから」

そう言って身体を起こしかけたとたん、隘路に鈍い痛みが走る。膣洞に傷ができてしまったのか、フェリクスが少し動いただけでも痛い。

「や、待って、動かな、で……っ！」

リゼットの悲鳴のような叫びにフェリクスは動きを止めたが、その顔には困ったような笑みが浮かんでいた。

「抜けと言ったり動くなと言ったり、どうすればいいんだ」

「だって……」

　フェリクスが動いたら痛いし、動かないでいてもいつまでも痛みが長引いてしまう。

「……仕方ないな」

　フェリクスはなるべく揺らさないように身体を起こすと、ふたりの繋がっている場所に手を伸ばす。長い指を潜り込ませると、リゼットがひどく感じてしまう肉粒に触れた。

「いやぁン！」

　腰がビクリと震えて、隘路に鈍い痛みが走る。指でクリクリと粒を擦られ、甘い痺れが身体を支配していく。

「いや、やめて……っ」

「こちらで感じていれば少しは胎内の痛みも紛れるだろう？」

　逆に両方に刺激を感じて腰が跳ねるたびに隘路にも痛みが走ってしまうのだ。それならなにもしないで一気に引き抜いてもらった方がいい。

　しかし痛みと甘い刺激を一緒に与えられているうちに感覚が混ざって、頭の中が混乱してきてしまう。

「はぁ……ん、んっ……や……」

「いいぞ、また濡れてきた」

　フェリクスがわずかに腰を揺すると、先ほどまでみっちり膣洞に収まって揺れるのも痛かったはずの肉竿の動きが、わずかに滑らかになる。

肉粒に触れられているせいで新たな愛液が溢れて、痛みを和らげているのかもしれなかった。

「どうだ？　少しは楽になったか？」

ゆるゆると雄芯が引き抜かれて、薄い内壁を擦る。先ほどのような強い痛みはなく、疼《とう》痛《つう》に変わっていた。

「……少し」

そう答えたものの、身体が辛いのは変わらないが、フェリクスの唇が安堵したように綻ぶのを見ていたら強くは言えなくなった。

一生懸命気遣ってくれているのが伝わってくるからだ。それに先ほどからフェリクスも苦しそうで、そちらの方が心配になる。

「あの、フェリクス様は……大丈夫ですか？」

フェリクスを受け入れたばかりの時より言葉が楽に出始める。

「……自分が辛いのに俺を気遣ってくれるのか？　あまり可愛いことを言われると、我慢ができなくなるな」

「だって……フェリクス様が苦しそうで」

「苦しいのは確かだが……少し我慢できるか？」

フェリクスに顔を覗き込まれて、リゼットはこっくりと頷いた。

これ以上痛いことはないと言ってくれたし、フェリクスに苦しい思いをして欲しくない。

「あまり無理をさせたくないが……ちゃんと気持ちよくしてやるから、少し我慢してくれ」

フェリクスはそのままリゼットの腕をとると自分の首に回させる。

「そのまま摑まっていろ。痛くて我慢できなかったら……そうだな、肩を嚙んで知らせてくれ。あなたの身体に夢中になって我を忘れてしまいそうだからな」

フェリクスは耳元でそう囁き、大きな動きで雄芯を引き抜いたかと思うと、再び最奥に打ちつけるように突き上げてきた。

「ひああっ‼」

雄芯が抜けていくとき内壁を擦っていくぞわりとした刺激と、お腹の奥に走る甘い愉悦。フェリクスが律動を繰り返すから何度も刺激を味わわされて、リゼットは甘い声をあげながらフェリクスの首にしがみついた。

雄竿が粘膜を擦るたびに身体の奥が疼いて腰が艶めかしく揺れてしまう。深くまで雄を突き立てられると、腰を押しつけられているせいで肉粒まで押し潰されて、今までとは比べものにならないぐらいの愉悦がこみ上げてくる。

「はぁ……んぅ、あ、あぁ……グリグリ、しな……で……！」

泣き声と嬌声が混ざった叫びで助けを求めるが、フェリクスが動きを止めることはない。それどころか太股に手をかけ抱えると、さらに揺さぶりをかけてくる。

揺さぶられるたびにグチュグチュと卑猥な音がして耳を塞ぎたかったが、フェリクスに力一杯しがみついているためそれも叶わなかった。

「あっ、あっ……だめ、そこ……いやぁ……」

最奥を突き回されているせいで、身体の中ではうねりが次第に大きくなっていて、自分でもわかるぐらい膣洞がきゅうきゅうとフェリクスを締めつけている。

痛みはすっかり落ち着いていて、今は再び目も眩《くら》むような快感が近づいていることが怖くてたまらなかった。

「はぁ……あなたの中は……最高だ」

フェリクスの掠れた声にもキュンとしてしまう。自分はおかしくなってしまった。

彼の声にも体温にも匂いにも、すべてに欲情してしまっている。いつの間にこんなに淫らなことを感じるようになってしまったのだろう。

「すき……だいすき……」

「な……っ」

リゼットの呟きにフェリクスが息を呑んだ気配がしたが、ふいに唇をついて出た言葉は、リゼット自身なにを口にしているかわかっていなかった。それぐらいフェリクスが与えて

くれる甘く淫らな刺激に夢中になっていたのだ。

しかしその呟きに刺激されたのか、フェリクスの動きが一層激しくなる。

あまりに激しい律動にフェリクスの首筋を汗が滴り落ちて頬を濡らしたけれど、リゼット自身もすでに汗と涙にまみれてそんな些末《さまつ》なことを気にする余裕がない。

激しく最奥を突き上げられて、身体が燃えるように熱くなり、頭の中が真っ白に蕩けてなにも考えられなかった。

「はぁっ、あ、あぁ……っ」

快感の渦に巻き込まれたリゼットは、感極まって堪えきれず嬌声をあげてフェリクスの首にしがみついた。

「あっ、あっ、あっ、あああぁっ！」

次の瞬間最奥で熱い飛沫《しぶき》を感じる。フェリクスが精を放ったのだと感じた瞬間、ふうっと意識が遠のく。

ガクガクと震える身体と甘い痺れのおかげでなんとか意識をつなぎ止めていたが、もう身体に力が入らず、腕から力が抜けフェリクスの首からずるりと滑り落ちてしまった。

「はぁ……リゼット……愛している……」

耳朶《じだ》に唇が押しつけられて熱い息と共に愛の言葉を囁かれて、リゼットはゆっくりと目を閉じた。

しばらくうつらうつらしていたらしく、隣に横たわったフェリクスに抱き寄せられて目が覚めた。

「大丈夫か？」

フェリクスは優しく言うと、リゼットの額に唇を押しつけた。

「あの、私……」

「少し眠っていただけだ。無理をさせてしまったな」

大きな手がストロベリーブロンドの髪を優しく梳《す》いた。

身体を見下ろすと裸のままだがフェリクスが身体を拭いてくれたようで、肌がさらりとしていて気持ちがいい。

フェリクスがリゼットの裸体を拭いたと思うと恥ずかしかったが、こんなにも怠《だる》い身体を抱えていては、感謝するしかなかった。

とにかく手足が重くて、自分で寝返りを打つのも億劫《おっくう》なほど身体が重くてたまらない。

男女の親密な行為について簡単な知識はあったが、想像とはあまりに違っていてまだ頭の中は衝撃でいっぱいだ。

フェリクスは結婚したいと言ってくれたが、そうすると今夜のような行為を繰り返し行うのかとか、それはどれぐらいの頻度で行うものなのかと気になることはたくさんある。

それにフェリクスは以前からリゼットの様子を窺っていたと言っていたが、いつからそんなふうに見てくれていたのだろう。

まだぼんやりした眼差しでフェリクスを見上げると、フェリクスが面白そうな顔をしてリゼットを見下ろした。

「どうした？　眠いのか？」

「殿下は……いつ私と結婚してもいいと思われたのですか？」

いつものようにはっきりと話したいのに、ぼんやりしているせいなのか上手くろれつが回らず、舌っ足らずな子どものような言い方になってしまう。

「あなたと同じだ」

「えっ？」

「初めてダンスを踊ってから、あなたのことが気になって仕方がなかった。夜会ではいつもあなたがどこにいるか探していて、親しくなるきっかけを探していた。だからあの仮面舞踏会の夜もあなたがこっそり部屋を出て行くことに気づいてあとを追ったんだ。だからさっきあなたもあの夜会から俺を意識してくれていたと聞いたときは、本当は飛び上がりたいほど嬉しかった」

「……フェリクス様……」

フェリクスがタイミング良く書斎に現れた理由を知り、リゼットは胸がいっぱいになった。お互いが同じ日の同じ時に相手のことを好きになるなんて、もう運命としか思えない。

「リゼット……愛している」

フェリクスが再びチュッと額に口付け、今度は頬や鼻先など顔中にキスをされ、気づくと唇に口付けられていた。

唇を吸われたり、舌で歯列を擽られたり戯れのようなキスが少しずつ深くなり、いつの間にか舌を擦りつけあう淫らなキスに変わる。

今夜一晩でフェリクスとのキスがすっかり気に入ったリゼットは、自分から顎をあげて口付けを受け入れる。

「んぅ……ふ……はぁ……」

ヌルヌルと舌を絡ませながら、頭の中で先ほどのフェリクスの言葉を反芻《はんすう》する。

フェリクスが自分のことを思ってくれていたなんてまだ信じられない。彼は笑うかもしれないが夢の中にいるような気分なのだ。

これが夢なら覚めないで欲しい。こんなにも彼に心を囚われてしまったら、きっとフェリクスなしでは生きていけないだろう。

「あ……っふ……」

身体に巻き付いていた手が、淫らに身体を撫で下ろす刺激にリゼットは瞼《まぶた》をあげる。

「あ、の……」

リゼットの問いにフェリクスの唇がニヤリと歪むのを見て、彼がなにをしようとしているかに気づく。

しかし初めての行為は身体に負担が大きく、リゼットからするともう勘弁して欲しいところだ。そう言おうと口を開けるより早くフェリクスが言った。

「言っておくが今夜はまだ寝かさないぞ」

「で、でも」

「あなたにはずっと焦らされ我慢してきたのだから、たった一度で満足できるわけがないだろう。それに言ったはずだ。治療は朝までかかると」

「……っ！」

言葉を失ったリゼットの反応に満足げな笑みを浮かべると、再び華奢な身体を自身の下に組み敷いてしまった。

9

生まれて初めて男性の腕の中で目覚めた朝、リゼットはしばらく自分になにが起きたのか思い出せず、ぼんやりとベッドの天蓋を見上げていた。

身体に巻き付いている温もりがフェリクスの腕であることに気づいた瞬間、一気に昨夜の記憶が頭の中に蘇ってきた。

物語には描かれていない、まさにめくるめく愛の行為に思い出すだけでも赤面してしまう。リゼットが知っているお話は、ヒーローとヒロインが抱き合って幸せな結婚をする描写で終わっているのがほとんどで、稀《まれ》に次のページをめくるとふたりの間に子どもが生まれて幸せに暮らしましたというハッピーエンドで終わるのだ。

こんなにも濃蜜で淫らな行為がふたりの間に起こるなんて知らなかったし、恥ずかしいことにリゼットはこの行為がすっかり気に入ってしまった。

フェリクスに全身で愛されているという幸福感に目が眩んでしまい、たった一晩で、もう彼なしでは生きていけないだろうと思ってしまった。

今朝は身体中のあちこちが軋《きし》むし、なにより何度も雄竿で突き回された足の間がじんじんと痺れていて、まだ胎内にフェリクスがいるのではないかと錯覚してしまいそうなほど異物感がある。

こんなに激しく体力の必要なものだとは思っていなかった。フェリクスは一晩に何度もリゼットと交わったが、どの程度の頻度で行うものなのか気になるところだ。

夫婦になって毎晩共寝することになっても、毎日では体力が持たないだろう。リゼットがそんなことを考えているとフェリクスが身動ぎし、身体に巻き付いていた腕の力がわずかに緩んだ。

「う、ん……」

目覚めたリゼットがモゾモゾと動くから起こしてしまったのかもしれない。彼の眠りを妨げたくなくて、リゼットはそっと腕の中から抜け出した。

昨夜巻き上がっていたはずの紗のカーテンがいつの間か下ろされていて、リゼットは重なり合ったそれをかき分けて床に足をついた。

「……っ！」

ふと気配を感じて顔をあげると部屋の入口にミシアが待機していて、リゼットと目が合うとぺこりと頭を下げた。

「おはようございます。リゼット様。今朝はお湯を使われたいのではないかと」

「……」

ミシアの言う通り昨晩身体中を愛撫され、汗や体液にまみれた身体がべたついていて気持ちが悪い。

きっと昨日のフェリクスの台詞からすべてを察したミシアが、リゼットの世話をするために待機していたのだろう。

けれどこんな行為のあとに女官たちに世話をされるのは正直恥ずかしい。リゼットが思わず辺りを見回すと、ミシアが小さく首を横に振った。

「ご心配なく。他の者はおりません。私ひとりです。よろしければ浴室にご案内いたしますわ」

ホッとしてベッドから立ちあがると、紗の向こうから伸びてきた手がリゼットの手首を摑んだ。

「おい。どこに行くつもりだ」

ベッドから這《は》い出《だ》してきたといった態《てい》のフェリクスが、うつ伏せのまま頭だけをもたげこちらを見上げていた。

「でん……フェリクス様」

まだ眠たげで半ば目が閉じているところが子どものようで可愛らしいが、その分機嫌が悪いようで困ってしまう。

するとミシアが助け船のように口を開く。

「リゼット様は湯浴《ゆあ》みをされるだけですわ。どうか殿下はお休みになっていてくださいませ」

「湯なら俺も」

怠そうに起き上がろうとするフェリクスをミシアの声が押しとどめた。

「いけません。リゼット様はお疲れです。しつこくして嫌われても知りませんよ」

その言葉に、昨夜散々しつこくリゼットを抱いたフェリクスがばつの悪そうな顔をした。

しばらくミシアの言葉の意味を考えていたリゼットは、フェリクスが湯浴み以外の意図で浴室に行こうとしたことにバスタブに入ってから気づき、それを想像して赤面してしまう。

あの行為は浴室でもできるのだろうかとか、明るい場所で裸を見られたかもしれないと想像すると恥ずかしくてたまらない。

フェリクスに教え込まれた知識は、すっかりリゼットの思考を淫らに書き換えてしまったみたいだ。

それにミシアはふたりの間にそういうことがあったと気づいていたからこそ口にしたのだと思うとさらに恥ずかしくなる。彼女が気を利かせてひとりで部屋に来てくれたことに感謝しかなかった。

そうでなければいつもリゼットの世話をしてくれているたくさんの女官たちにまで昨夜のことを知られてしまっただろう。

ミシアの手助けで湯浴みをし、髪も洗ったリゼットはすっかり気分が良くなり、ミシアが客間から運んでくれたドレスに着替えて寝室に戻る。

するとまだベッドの住人だと思っていたフェリクスの姿はなく、ベッドはもぬけの殻だった。

「どうしたのかしら」

リゼットがミシアに問いかけながら部屋を見回していると、別の扉からフェリクスが入ってきた。

すでに着替えを終えていて、どうやら別の部屋で湯を使ってきたらしい。その証拠にダークブラウンの髪はまだ少し湿っていて、いつもより黒っぽく見える。

「ああ、やっと戻ってきたのか。なかなか戻ってこないから待ちくたびれたぞ」

焦れた子どものように顔を顰めるフェリクスに、ミシアが澄ました顔で言った。

「女性のお支度には時間がかかるものですわ。これからは殿下も待つことを覚えていただきませんと。恋しい方を待つ時間はある意味幸せでございましょう?」

「上手いことを言うじゃないか。確かにあなたを待つのならその時間も楽しそうだ」

フェリクスはそう言って笑うとリゼットの腰を引き寄せ、隣の部屋へと誘った。

次の間は広い応接間のようで、ダイニングテーブルには食事が用意されていた。

「ちょうどさっき運ばれてきたところだ」

「良かったですわ。温かい食事をお召し上がりいただけます」

ミシアが湯浴みに時間がかかることも想定して食事の手配をしてくれていたらしい。

フェリクスに椅子を引いてもらい腰掛けると、なぜか彼も椅子を運んできてリゼットのすぐ隣に腰を下ろした。

フェリクスのテーブルセットは向かい側に用意されているし、なにより広いテーブルなのだからこんなに近くに座る必要などない。

それなのに一部始終を見ていたミシアは、カトラリーを手早くフェリクスの前に並べ直した。

「殿下はストレート、リゼット様はミルクティーでよろしいですか？」

ミシアはテキパキとふたりの前にティーカップを置いた。

「あとはおふたりでどうぞ。私は控えておりますのでなにかございましたら呼び鈴を」

「ああ、わかった」

フェリクスが鷹揚《おうよう》に頷くと、ミシアは一礼して部屋を出て行ってしまった。

「さあ、なにが食べたい？　好きなものを言え」

「ではパンケーキを」

「そんなものでは足りないだろう」

フェリクスはそう言うと、大皿にパンケーキを二枚載せたあと卵、ハム、ソーセージ、ベイクドポテトと皿いっぱいに盛り付けたものをリゼットの前に置いた。

「さあ、食べろ」

普段のリゼットの朝食の三倍はある盛り付けにたじろいでしまったが、せっかくフェリクスが取り分けてくれたものを無碍《むげ》に断ることはできなかった。

「ありがとうございます……」

リゼットが食事を始めたのを確認して、フェリクスもフォークを手に取った。

「身体の具合はどうだ？」

ちょうどパンケーキを切り分け口に運んだばかりのリゼットはむせ込んでしまう。昨夜のことは秘めごとであって、話題にしないものだと思っていたからだ。

「大丈夫か？　これを」

水の入ったグラスを手渡され、それを一気に飲み干して滲んだ涙を拭う。

「そんなに慌てなくても食事は逃げたりしない。案外おっちょこちょいなところがあるんだな」

フェリクスはそう言ってリゼットの背中を撫で下ろした。

「ち、違います。むせたのはでん……フェリクス様がおかしなことを尋ねたからです」

「おかしなこと？」

フェリクスはしばし会話の内容を反復するような表情をして、眉間に皺《しわ》を寄せた。

「身体の具合を聞いたのがおかしなことなのか？」

「そうです。だって……その」

赤くなったリゼットを見て、フェリクスの唇がニヤリと歪む。

「なんだ、昨日の夜のことを思い出してむせたというのか。俺の一言でそんなことを考えるなんて、あなたは本当に淫らな心根の持ち主のようだな」

「な……！」

「だがあなたの想像通りだ。俺が無理をさせた身体が痛んでいないか、体調が悪くないか尋ねたのだから」

「そ、それは……」

一見気遣っているような台詞だが、リゼットがフェリクスの言葉にいちいち反応して赤くなるのを面白がっているのが伝わってくる。

「自分でわからないのなら俺が確認してやろう」

今にもテーブルの上でリゼットの身体を吟味するとでも言い出しそうな口調に、リゼットはふるふると何度も首を横に振った。

「け、結構です……っ」

「遠慮するな。俺たちは将来を誓い合った仲じゃないか」

フェリクスはテーブルに片肘をついて、ニヤニヤしながらリゼットの顔を覗き込む。

意地悪されているのだとわかるけれど、昨日までのなにを考えているのかわからなかったフェリクスよりはずっといい。

「どうした？」

しみじみと昨日までのことを思い出して黙り込んでいると、フェリクスが手を伸ばしてきて頬を撫でた。

「こんなに誰かを愛しいと思ったのは初めてだ」

「……っ！」

昨日まで意地悪だった人に急にそんな甘い言葉ばかり囁かれては、ドキドキしすぎて心臓がどうにかなってしまいそうだ。それでなくてもフェリクスと両思いだったことがまだ夢のようで現実感がないのに、これが夢だとしたら一生目覚めたくない。

フェリクスは食事の間中機嫌が良く、皿に取り分けてくれた分以外にもあれやこれやと勧めてくるので、生まれてからこれほど満腹になったことはないだろうというぐらい食べ物を詰め込むことになった。

食事を終えたあと、フェリクスは名残惜しそうにしながら公務へと出掛けていった。

本当は離れがたいから執務室まで同伴するつもりだったようだが、ミシアに反対されて渋々出掛けていったのだった。

　昼食にも誘われたが、もう日差しはかなり高いところまで昇っていたし、満腹状態のリゼットを見てとったミシアがそれも断ってくれた。

「おまえは俺の提案をすべて断るじゃないか」

　フェリクスは抗議したが、ミシアは涼しい顔だ。

「おふたりのことはまだ公になっていないのですよ？　万が一リゼット様に悪い噂が立ったらどうなさるのです？　私の仕事は未来の王太子妃様をお守りすること。殿下もそうおっしゃったではないですか」

　そう言われるとぐうの音も出ないらしく、フェリクスは引き下がるしかなかった。

　ミシアに付き添われて客室に戻る途中、リゼットはふたりきりのタイミングで気になっていたことを尋ねた。

「ミシアは王太子殿下とは長いお付き合いなの？」

「ええ。私はまだ殿下がお小さい時に王宮に上がりまして、ずっとお世話をさせていただいております」

「やっぱりそうなのね」

　想像はしていたが、フェリクスはミシアの言葉だけは渋々聞いているところがあったし、なにより彼女を信用していることが伝わってきた。

　リゼットも甥姪の面倒を見ているからわかるが、きっとミシアにとっては成長したフェリクスも幼い頃のフェリクスと変わらないのだろう。

「あの殿下がミシアの言うことは聞くから、そうじゃないかと思っていたの」

「ご安心ください。殿下はリゼット様の言うことはもっと聞いてくださいますわ。あれほど殿下が女性に……というか人に執着するのは初めてです。リゼット様のことをご自分より大切に思っていらっしゃるのでしょう」

「そうかしら」

　フェリクスが大切に思ってくれていることは感じていたが、長い付き合いのミシアがそう言ってくれるのなら嬉しい。

　たった一晩で憧れの気持ちが愛へと塗り替えられたばかりのリゼットは、今別れたばかりなのにもうフェリクスに会いたくなっていた。

「正式におふたりのご婚約が発表されれば堂々と行き来できますわ」

　まるでリゼットの考えていることなどお見通しだというミシアの囁きに赤くなってしまった。

「私はこれからどうすればいいのかしら」

「そうですね。まずはお妃教育でしょうか」

「え?」

「幸いリゼット様は王宮に滞在中ですからすぐに教育が始められますが、そうなると両陛下に結婚のご報告も必要ですね」

「……」

すっかり忘れていたけれど、先日両陛下に紹介されたときはフェリクスに結婚を申し込まれるなどと考えたこともなかったから、挨拶もろくにできなかった。

あの時両陛下はリゼットが戸惑っていることに気づき、フェリクスに出直すよう言ってくれたのだ。

もう一度王夫妻に拝謁すると考えただけで緊張してしまうが、フェリクスと結婚をするのならちゃんと認めてもらう必要がある。

それならその前に一度屋敷に戻って、兄と義姉にフェリクスとのことを報告しなければならないだろう。

フェリクスはお茶の時間には必ず顔を出すと言っていたから、彼が来たときにでも相談しよう。兄に結婚の許可を求めると言えば、フェリクスもすぐに馬車を手配してくれるはずだ。

しかしリゼットの希望はフェリクスに却下されてしまった。

「あなたには明日からでもすぐに妃教育を受けてもらう。伯爵には俺から手紙を出して近況を知らせているから、なにかあったら向こうから言ってくるだろう」

「……兄に手紙を書いていてくれたのですか？」

リゼットはフェリクスの意外な心遣いに目を見張る。だいぶ彼のことを理解してきたつもりだが、やはり驚かされることが多い。フェリクスはリゼットが気づかないところでこういった気遣いをしてくれる人なのだ。

「仕事の手伝いのためとはいえ、さすがに未婚の貴族令嬢を王宮に留めて連絡をしないことなどできないだろう。それにあなたの兄に不信感を持たれたら、結婚を認めてもらえなくなるからな」

「結婚って……フェリクス様は最初から私と結婚するつもりだったのですか？」

「話しただろう。ずっとあなたを探し、目で追っていたと」

「……」

目尻を下げ優しい眼差しで見つめられて胸がいっぱいになる。これまでもフェリクスはこんなふうに自分を見てくれていたのだろうか。

「こうしてあなたとお茶を飲んで他愛ない話をできるのはとても幸せなんだ。ああ、一番の幸せを感じたのは、昨夜あなたを手に入れたときだが」

「……な、っ！」

リゼットはギョッとして周りを見回したが、お茶の手配をしていた女官たちはいつの間にか部屋を出ていて、唯一ミシアが扉のそばで待機していたが、こちらの話になど興味がありませんと言わんばかりの涼しい顔をしている。

伯爵家でもそうだが、子どもの頃から使用人のことはあまり気にしないようにしていたが、さすがに今の言葉はあからさま過ぎて、たとえ事情を知っているミシアだとしても恥ずかしすぎた。

「そ、そんなことばかり言うフェリクス様はきら……好きではありません」

いくら腹が立っているとしても愛する人に嫌いというのは心苦しくて言い直したけれど、その言葉を耳にしたフェリクスが一瞬ピクリと片頬を引きつらせたのをリゼットは見逃さなかった。

「す、好きではないというのは、フェリクス様自身のことではなくて……さっきのような言葉を言われるのが好きではないという意味で……」

リゼットがたどたどしくいいわけの言葉を口にするのを黙って聞いていたフェリクスが、小さく頷いて唇の両端を吊《つ》り上《あ》げた。

「では、俺のことは好きなのだな？」

「も、もちろんです」

その笑みは純粋な微笑みと言うより、なにか企んでいるような笑みだ。

「ではちゃんと言葉で表してくれ」

「えっ？」

つまりフェリクスへの想いを言葉で表せと言っているらしいが、そんなに簡単に口にできるほど、まだフェリクスとの関係に慣れていない。

改めて今回の騒ぎの原因になったとしても、手紙とはいえジョフロワ公爵に想いを告げたアリスは勇気があると思ってしまった。

これまで舞踏会でダンスをするときや兄がそばにいるときにしか男性と話をしたことがなく、家族以外の男性にほぼ免疫がない。それなのにいくら想いが通じ合っている相手だとしても、自分から気持ちを口にするのは勇気がいる。

「あの、なんと申し上げたらいいのか……」

「ただあなたが感じている俺への想いを口にするだけだ。簡単だろう？」

「……」

「俺はこんなにもあなたのことを思って愛しているのに、あなたはそうではないようだな」

「そ、そんなことはありません……っ」

ただ口にするのが恥ずかしいだけだ。強い口調の割にニヤついているフェリクスは、そんなリゼットの気持ちもすべてわかっていて意地悪をしているのだ。

しかし失言をしてしまったのはリゼット自身なので、恥ずかしいけれど言葉にするしかなかった。

「わ、私はフェリクス様のことが……だ、大好きです」

フェリクスの顔を見るのが恥ずかしくて、リゼットはギュッと目を瞑って震える声で言った。

これでフェリクスは満足して意地悪するのをやめてくれるだろう。まだドキドキが止まらない心臓を抱えながら目を開くと、フェリクスの笑みがさらに深くなっている。

「俺はあなたのことを愛していると言ったんだが、あなたは違うのか?」

「……っ」

もう勘弁して欲しい。リゼットは助けを求めてミシアを見たけれど、先ほどと同じく涼しい表情で我関せずを貫くらしい。つまりはフェリクスが満足するまでこの会話が終わることはないということだ。

リゼットは恥ずかしさをなんとか抑えて深く息を吸い込み、再びギュッと目を閉じる。

「……フェ、フェリクス様を、愛して、います」

緊張のあまり掠れた声でなんとかそう告げると、次の瞬間広い胸の中に引き寄せられていた。

「あ……ん」

驚きで目を開くよりも先に唇はキスで塞がれていた。室内にはミシアがいるというのに、フェリクスは濃厚な舌技を使ってたっぷりとリゼットの唇を味わう。

息苦しくてキスで溺れてしまうのではないかと思い始めたとき、やっと唇が解放され、リゼットはフェリクスの腕に抱かれながら荒い呼吸を繰り返した。

「まだキスに慣れないのか？」

「も、申しわけ、ございません……っ……」

「別に怒っているわけじゃない。むしろその拙さが可愛いからな」

フェリクスはそう言うと満足げにリゼットの頭を抱き寄せてストロベリーブロンドの髪にキスをした。

「と、言うことだからあなたには王宮に留まってしばらくはお妃教育を受けてもらう。そうは言っても、勉強に充てる時間は午前中と午後の一部だ。残りの時間は今まで通り図書室を使ってくれてかまわない」

丸め込まれてしまった気がするが、図書室という言葉に飛びついてしまう。

「ありがとうございます！」

屋敷に戻りたいと思いながらも、図書室が使えなくなるのが一番の心残りだったので、フェリクスの提案は素直に嬉しい。それに甥姪のために書いている物語はほぼ完成というところまで近づいていた。

「執筆は進んでいるのか？」

「ええ、おかげさまで」

「では一度俺にも読ませてくれないか？」

「それはかまいませんが……子ども向けの話で、フェリクス様に読んでいただけるようなものではないと思いますが」

物語は動物たちが言葉を話し、お菓子の城や歌う花が出てくるような空想の世界なのだ。とても男性が喜ぶ話だとは言えなかった。

「いいんだ。あなたの物語の一番目の読者になりたいんだ。まさかもう誰かに読ませたなんてことはないだろうな？」

「いいえ。いつも完成するまでは誰にも見せないことにしているのです。では、もしくだらないと思っても笑ったりなさらないでくださいね？」

大切にしている趣味だからこそ、フェリクスに笑われるのは嫌だった。

「当たり前だ。あなたが一生懸命頑張っていることを笑うはずがないだろう」

「はい」

リゼットはホッとして笑顔になった。

話が一段落するのを待っていたかのように扉を叩く音がして、ミシアがそれを開けた。顔を見せたのはフェリクスの侍従で深々と頭を下げる。

「おくつろぎのところ申しわけございません。王太子殿下、そろそろ執務室にお戻りください。面会のお約束の時間でございます」

「なんだ。もうそんな時間か」

フェリクスは不快げに眉を寄せると、仕方なさそうに立ちあがった。

「あとのことは女官長に頼んであるが、また今夜部屋に行くから待っていろ」

するとずっと黙っていたミシアが口を挟んだ。

「いけません。昨夜は目を瞑りましたが、夜はちゃんとご自分のお部屋でお休みになってくださいませ」

「なにが問題なのだ。結婚するのだからかまわないだろう」

「殿下はそれでよろしいかもしれませんが、リゼット様はどうするのです？　昼にも申しましたが、殿下が昼夜問わずリゼット様を訪ねていることが噂になったら、殿下を誘惑しただなんだと騒がれるでしょう。正式にご婚約が発表されるまでは自制してください」

「はぁっ」

フェリクスは深い溜息をついた。

「やっとリゼットを手に入れたと思ったらあれこれ言われて嫌になるな。いっそ王位を捨ててあなたと逃避行してしまいたくなる」

冗談だとしても笑えないフェリクスの発言に、リゼットはわずかに眉間に皺を寄せた。

「そんな……冗談でもそんなことをおっしゃらないでください。私は国のために働いているフェリクス様は素敵だと思います。そんな子どものようなことをおっしゃって私をガッカリさせないでください」

思わずそう口にすると、フェリクスがばつの悪そうな顔をした。

「冗談に決まっているだろう。みんながあなたと一緒に過ごす邪魔をするからうんざりしていただけだ」

「そうですよね。失礼しました。私の心配しすぎだったようですわ。では……お夕食を一緒に食べていただけませんか？　正餐《せいさん》をいただくというのならミシアだって反対しませんもの」

チラリとミシアを振り返ると、力強く頷くのが見えた。

「あなたと食事をするなら急いで仕事を片付けないといけないな。行くぞ」

ついさっきまで面倒くさそうにしていたのに、フェリクスは侍従の脇をすり抜けさっさと出て行ってしまった。

扉が閉まったとたん思わず溜息を漏らすと、ミシアがクスクスと笑いを漏らす。

「リゼット様、その調子ですわ」

「えっ？」

「もうしっかり殿下の手綱を握っているではありませんか」

そんなつもりはなかったが、ミシアの言いたいことはわかる。男性というのは根本的には子どもと一緒で、宥《なだ》めたり甘やかしたり、ときには厳しく接するのが円満のコツなのかもしれなかった。要するに甥姪たちと同じように接すればいいのだ。

でも子どもたちとは違い、フェリクスについてはまだまだ知らないことばかりだ。

彼がどんな食べ物が好きなのか、どんな本を好むのか、音楽は好きなのか、どんなふうに過ごすことで寛《くつろ》げるのか。少しずつお互いのことを知って理解しないとだめだ。

リゼットが知っている物語の中では王子様と結ばれ、その先は幸せに暮らしましたとなっているが、実際は想いが重なり結びついてからの方が長い。

王太子として、また王としてこの国を背負っていくフェリクスの重圧を少しでも軽くできるように彼を支えていきたかった。

その心構えのひとつとしても、フェリクスの言うお妃教育は必要なのかもしれなかった。

「私、フェリクス様のためにもお妃教育を頑張るわ」

「ご立派ですわ、リゼット様。さすが殿下が見初めたお嬢様です」

ミシアの褒め言葉は素直に嬉しいが、これから学ぶことが多いと思うといろいろ心配なことも多い。

「ミシア、これからもそばにいていろいろ助けてね。私は王宮のことなどなにも知らないんですもの。あなたの助けがなければやっていけないわ」

「まあ、大袈裟ですわ。でもそう言っていただけて嬉しいです。私でできることでしたらなんでもお手伝いさせていただきますので、何なりとお申し付けくださいませ」

微笑んだミシアを見て、リゼットも安堵の笑みを浮かべた。

10

リゼットとフェリクスが結ばれてから数日後、ふたりの婚約が正式に発表されることが決まった。

王族の結婚となればあれこれ根回しがあったり、手続きがあるから時間がかかるものだと思っていたリゼットは、その報を聞いて驚いた。

どうやらフェリクスが朝儀に顔を出し強引に婚約の話を議題にしたそうだが、王太子の結婚を望んでいた閣僚たちから反対の声はなく、臨時で決議がとられたそうだ。

そこまでフェリクスが自分との結婚を望んでくれていると聞かされるのは嬉しいが、これから会う人々のリゼットへの期待値が上がってしまいそうなのは心配だった。

心配といえば、リゼットが一番不安だったのは王夫妻との謁見だった。

しかし二度目の謁見はすべてが杞憂《きゆう》だったと思えるほど和やかなもので、その後の正餐にも招かれた。

王妃は特にリゼットが気に入ったようで、食事のあともお茶に誘われ、ソファーの隣に座らされてあれこれ話しかけてもらった。

「うちは息子ひとりだからあなたのような可愛らしい人がお嫁に来てくれると嬉しいわ。これで跡継ぎの心配もいらなくなるし安心ね」

〝跡継ぎ〟という言葉にはドキリとしてしまったが、考えてみればフェリクスと一度でも夜を過ごしているのだから、ありえない話でもない。

そう考えるとすぐにでも婚約、結婚と話を勧めようとするフェリクスの意図も理解できた。

「そういえばリゼットさんが書かれた物語、わたくしも読ませていただきました」

王妃の言葉にリゼットは頬が熱くなった。もともと甥姪たちのために書いた話だが、義姉が本にして友人たちに配ったおかげで、大人の目にも触れるようになった。

こんなふうに声をかけられることも多くなり、子どものような空想ばかりしているのだと思われているのではないかと、少し恥ずかしくなる。

先日も新しい物語をフェリクスにだけ読んでもらったのだが、頭の中を覗《のぞ》かれているような居たたまれなさを感じたのだ。

フェリクスにはこれからもどんどん話を書いた方がいいと言われたけれど、それはいつか自分の子どものための物語になるのかもしれなかった。

「とっても素敵な趣味だわ。フェリクスと結婚したら公務にも参加してもらうことになりますが、やめたりしないで是非続けてくださいね」

「ありがとうございます」

王太子妃という未知の世界に踏み込もうとしているリゼットに王妃の言葉はありがたいもので、精一杯フェリクスを支えていこうという気持ちが強くなった。

婚約については国全体に発表されたあと、王宮で祝いの席を設けることになったのだが、その席に子どもたちも含めた兄一家も招かれると聞いて喜んだ。

子どもたちのために園遊会と同じく日中に、庭園でパーティーを開くことだけは知らされていたが、それ以外は当日着るドレスを選ぶぐらいで、リゼットは当日に向けて妃教育に力を入れることぐらいしかできなかった。

婚約を発表するにあたり、兄とは王宮で面会はしたが、義姉や子どもたちに会うのは園遊会以来だ。

婚約パーティーの当日、リゼットはフェリクスが選んでくれた淡い黄色のドレスを身に着けた。

最初フェリクスはオフホワイトかアイボリーのドレスを提案してきたのだが、白いドレスは結婚式までとっておきたいというリゼットの希望を通す形となった。

日中用のドレスということで首や腕は薄いシフォンとレース生地に覆われていて、王妃からこの日のために贈られた緑柱玉のネックレスとイヤリングを身に着ければ気分が高揚してくる。

フェリクスに伴われて庭園に向かったリゼットは、園遊会の時とはすっかり様変わりした景色を見て言葉を失った。

庭園の中央にある噴水やテーブルは色とりどりのリボンと風船で飾り付けられ、休憩するためにあちこちに置かれたベンチは大きな花の形をしていて、花の中心に座れるようになっている。

それに噴水からはなんとフルーツの香りがして、どうやらそこからオレンジジュースが溢れているようだ。さらにそのそばのテーブルにはチョコレート菓子や生クリームたっぷりのケーキ、形良くカットされ盛り付けられたフルーツなどが置かれていて、子どもたちがその周りに集まっていた。

給仕をしている使用人たちは皆、ウサギの耳や狐の尻尾をつけて動物の仮装をしていて、頭に鳥の羽をつけている者までいる。

それはまるで先日フェリクスにだけ読ませた新しい物語の世界で、主人公が森に迷い込んだ先で開かれていた動物たちのパーティーそのものだった。

リゼットは、人とは本当に驚いたときは言葉がないのだと初めて知った。

「……」

いつまでも口を開かず呆然としているリゼットの耳にフェリクスの声が飛び込んできた。

「……あなたの考えていたものとは違うかもしれないが」

その言葉にパッと振り仰ぐと、自信なさげにリゼットを見つめるフェリクスの顔があった。その顔を見て、リゼットの反応を気にしていることに気づく。

「とっても素敵です！　突然のことで驚いてしまって」

リゼットの言葉にフェリクスが安堵したように息をつく。

「先日あなたの物語を読んで、あなたと子どもたちのために作ってみたんだ。その……気に入ったか？」

「すごいです！　まるで……おとぎ話の中にいるみたいです‼」

珍しくはしゃぐリゼットに気を良くしたのか、フェリクスはリゼットを伴い噴水の周りに集まる子どもたちの方へと近づいていく。

今日の披露パーティーにはたくさんの貴族が招待されていたが、どうやらその子弟たちも招かれているようで、お菓子の周りは子どもたちでいっぱいだ。

一際大きなテーブルの上にはお菓子の家が鎮座していて、フォーレ家の庭にあった子ども用のツリーハウスを思い出させる。

「まあ」

よくよく見ると細部まで作り込まれていて、壁はビスケット、屋根には色とりどりのアイシングがたっぷりかかったクッキー、扉はもちろんチョコレートだ。

「これ……食べられるのですか？」

「もちろんだ。あなたのお菓子の家は食べられただろう？」

そう、物語の中では主人公が夢かと思って試しに扉を囓《かじ》ってみるシーンがあるのだ。

「なんならあなたも食べてみるといい」

フェリクスがそう言って笑ったときだった。

「おねえさま！」

叫び声と共にリゼットの足元に飛びついてきたのは末っ子のニナで、口の周りがすでにチョコレートで汚れている。

「まあ、ずいぶんと美味しいものをいただいたようね」

リゼットは小物袋からハンカチを取り出して、ニナの口の周りを拭いてやる。

「さ、王太子殿下にご挨拶して」

するとニナは両手でスカートを摘まむと、片足を引きぴょこんと頭を下げる。

「ごきげんよう。お招きいただだ？　ありがとうございマス」

カーテシーのつもりらしい動きに、思わず笑みがこぼれる。姉のクロエがやっているのを見て真似《まね》ているのだろう。

リゼットがきちんと挨拶できたことを褒めてやろうとすると、それよりも先にフェリクスが芝生に膝をついた。

ニナと視線を合わせて、小さな手を取る。

「ようこそ王宮へ。君のリゼットお姉様の新しい本を作ったんだ。是非君に受け取って欲しい」

フェリクスはそう言うと、侍従が差し出した本をニナに手渡した。

「おねえさまのごほんなの？」

「そうだよ。今日のパーティーのことも書いてあるはずだからあとで読んでごらん」

フェリクスの言葉に、ニナは困ったように黙り込んでしまう。

「どうしたの？」

「……わたし、まだひとりでごほんがよめないの」

悲しそうな顔をするニナを見て、フェリクスは相好《そうごう》を崩してニナの頭を優しく撫でた。

「それならあとで私が読んで聞かせるというのはどうかな？　今日のパーティーがお話の通り上手くできているか、君に確認して欲しい。やってくれるな？」

「いいわよ」

ニナは嬉しそうに頷いたあと、少し恥ずかしそうにしながらフェリクスの耳に唇を寄せる。

「その時はおひざにのってもいい？」

「もちろん。私の膝は君のためにあけておくと約束するよ」

普段から王子様に憧れているニナはフェリクスにすっかりまいってしまったようで、嬉しさのあまりその場でジタバタと足踏みをして昂奮《こうふん》を表した。

「では他の人にも挨拶してくるから、あとで呼びに行くよ。それまではみんなと楽しんでおいで」

「うん！」

元気よく頷いて走り去るニナの姿を見送るフェリクスの横顔は優しくて、リゼットは胸がいっぱいになった。

先日の園遊会でも思ったが、フェリクスがこんなに子どもの扱いが上手かったことには驚きだが、きっと彼なら子どもを可愛がるいい父親になるだろうと思った。

今の様子から娘でも生まれたら、文字通りに目に入れても痛くないぐらいの勢いで甘やかしそうな気がするが、そんなフェリクスも見てみたい。

「フェリクス様、ありがとうございました。でも……あの本はなんなのですか？」

先ほど侍従が手渡してきた本にこのパーティーのことが書かれていると言ったが、あの話はまだ義姉にも見せていないから、本になっているはずがなかった。

「実は、あなたには内緒で今日のために本にさせたのだ。勝手なことをしたのは詫びるが、今日のこの趣向にぴったりだと思わないか？」

フェリクスは侍従に新しい本を持ってこさせるとリゼットに手渡した。

青い表紙のそれには、装丁らしい飾り文字でタイトルとリゼットの名前が書かれている。義姉が作ってくれたものよりも立派で、王室の図書室に並んでいても遜色ない立派な作りだ。

「どうだ、気に入ったか？」

驚きでなにも言えずにいたリゼットを見つめて、フェリクスは面白そうに言った。

「あの……とても嬉しいです」

リゼットは戸惑いながら本の表紙を手のひらで撫でた。

フェリクスの気持ちは嬉しいが、自分が趣味で書いた物語をこんな立派な形にしてもらうのは申しわけないという気持ちにもなってしまう。

庭の飾り付けもそうだが、リゼットを喜ばせようとしてくれているのが伝わってきて嬉しいのだが、大切にしてもらいすぎて不安になる。

「フェリクス様は私を甘やかしすぎです」

「どうしてだ？　愛する女を甘やかすのは男として当然のことだろう」

まるで自分にはできないことなどないとでも言いそうな口調だが、フェリクスにはよく似合っている。

「それに、子どもたちのためだけに書いたお話を、こんな立派な装丁に仕上げてもらうなんて贅沢《ぜいたく》すぎます」

「そんなに謙遜する必要はない。面白いと思ったから作ったのだし、義姉上が作った本だって、最近では複製されたものが市井にも出回っているそうだぞ。なんなら結婚の記念にたくさん刷らせて国中に配っても」

「と、とんでもない！　絶対にそんなことなさらないでくださいね」

リゼットは慌てて首を横に振った。

「これは趣味ですし、私の書いたものなど子どものお遊びのようなものです。絶対いけません！」

珍しく強く言い返されフェリクスは落胆しているようだったが、これぐらい強く否定しておかないとフェリクスのことだから本気で国中に配りそうな気がした。

例えれば、フェリクスがやっていることは親馬鹿に近い。子ども可愛さにたいしたことのない絵や文章を手放しで褒め、周りの人にまで賛辞を求めるようなものだ。

フェリクスがリゼットの趣味を認め褒めてくれるのは嬉しいけれど、ほどほどにしてくれるよう落ち着いたときにでも話をしなくてはいけないと思った。

「さあ、皆様にご挨拶に行きましょう！」

リゼットはフェリクスがそれ以上言い出さないうちに、自分から腕をとって歩き出した。

大庭園はすべてがリゼットの物語に書かれていた動物の森になっているわけではなく、大人のためのテーブルや食事も用意されていて、その周りにもすでにたくさんの人が集まっていた。

兄夫婦やジョフロワ公爵は当然だがアリスやレオンの姿まである。知らない人ばかりではないかと心配していたリゼットは、その姿を見てホッとした。

婚約パーティーだと言うからもっと国の閣僚といった地位のある貴族など、面識のない人だらけだと思っていたのだ。

もちろんお祝いをしてくれるのなら誰でもありがたいが、まずこうして親しい人たちに祝ってもらえるのが一番嬉しかった。

「お義姉様！」

「ああ、リゼット、おめでとう！」

義姉が満面の笑みと共にリゼットを抱きしめた。

「いつも子どもたちの世話を任せてばかりで外に出たがらないあなたを心配していたの。私のせいであなたにお相手を見つけてあげられないんじゃないかって」

「お義姉様、そんなことを考えていらしたの？」

「そうよ。これでもあなたの母親代わりのつもりだったんですもの。あなたにとっては頼りなかったかもしれないけれど」

その言葉に、義姉がフォーレ家に来たときのことを思い出した。

「お父様とお母様が亡くなった我が家にお義姉様が来てくださって、私は寂しくなくなったのよ。感謝こそすれ頼りないだなんて思ったことないわ」

幼いリゼットの気持ちに一番寄り添ってくれたのは義姉で、今も心から感謝している。それは結婚したとしても一生忘れることのない気持ちだ。

「これからは自分のことだけを考えて、王太子殿下と幸せになってね」

感極まって涙を浮かべる義姉を見て思わず笑ってしまったが、こんなにも喜んでもらえる自分は幸せだと思った。

その場に王陛下と妃殿下が登場し、婚約パーティーはさらに賑《にぎ》やかなものになった。

大好きな人たちに囲まれて、自分の頭の中だけの世界だったものがフェリクスのおかげで現実になり、これ以上幸せなことなどあるだろうか。

祝いを言うためにやってきた貴族たちと一通りの挨拶を終えたフェリクスは、約束通りニナを呼び寄せ芝生に腰を下ろし、本を読んでくれた。

彼の膝の上で目を輝かせてお話に聞き入るニナの顔を見て、本を作ってくれたフェリクスに感謝の念を覚えた。

先ほどはもったいないだのなんだと言ってフェリクスをがっかりさせてしまったが、ニナの喜ぶ顔を見ていたら、もっとたくさんの子どもたちを物語の世界で遊ばせてあげたいと思う。

リゼット自身も子どもの頃は物語に夢中で、お話の中なら自分はお姫様にでも勇者にでもなれたのだ。

　それにこうして庭を飾り付けて物語の世界を作り出すなんて、普通では考えられないことだ。もちろんフェリクスが王太子だからとか、協力者がたくさんいるからだとか理由はつけられるが、リゼットを喜ばせるために考えてくれたことが嬉しかった。

　リゼットをこんなにも幸せな気持ちにしてくれたフェリクスを、自分も幸せにしてあげたい。まだ彼になにができるかはわからないけれど、ずっとそばにいてそれを見つけていきたいと思った。ニナとすっかり仲良くなったフェリクスが、芝を払いながら立ちあがりこちらに歩いてくる姿を見て、リゼットは胸がいっぱいになった。

「フェリクス様、ありがとうございました。ニナも他の子どもたちもとても楽しそうで、今日の演出を考えてくださったフェリクス様に心から感謝いたします」

「そんな他人行儀な言い方をしないでくれ。あなたの家族なら俺にとっても大切な人たちだ」

　フェリクスの口調は温かく、本当に子どもたちとの交流を楽しんでいる様子が伝わってくる。

「これで少しは罪滅ぼしになっただろうか」

「え?」

　フェリクスがぽつりと呟いた言葉に、リゼットは訝《いぶか》しげな視線を向けた。

「女官長には婚約をするのだから、一度あなたを屋敷に帰らせてやるべきだと何度も進言されたのだ」

「ミシアが？」

王宮ではなに不自由ないが、やはり家族のことが気になるとミシアには何度も話していたから心配してくれていたのだろう。

「あなたと離れたくないという俺のわがままであなたを王宮に留めていることを、本当は申しわけなく思っていたんだ。だがあなたを寂しくさせても……一緒にいたいのだ」

「フェリクス様」

フェリクスは一生懸命リゼットを幸せにしようと行動で示してくれている。そしてもう十分なほど幸せにしてもらって、リゼットの方こそ彼になにをしてあげられるのか心配になっているというのに。

ただ愛され大切にされるのではなく、自分もフェリクスの役に立ったり、彼を支えてあげたい。

「申しわけなく思ってもらう必要なんてありません。だって……さっきもこんなに幸せでいいのかって心配になったぐらいなのです。それに、おそばにいたいと思っているのは私も一緒です」

リゼットは両手でフェリクスの手を握りしめた。

「フェリクス様にスパイだと疑われたときだって、私が早く本当のことを言えば良かったんです。でも屋敷に帰りたいという気持ちとは反対に、もう少しだけそばでフェリクス様を見ていたいという気持ちもあったんです。だから今は一緒にいられてとても幸せです。これからも……私をおそばに置いてください」

「リゼット」

フェリクスが強く手を握り返してきて、頭を下げてリゼットの耳に唇を寄せる。

「今すぐ押し倒してしまいたいぐらい……好きだ」

「な……‼」

誰が聞き耳を立てているかもわからない場所で不埒なことを囁かれ、リゼットは一瞬で真っ赤になった。

「フェリクス様！」

「ははは っ」

フェリクスが声をあげて笑うのを耳にして、パーティーに集まった人々はふたりの仲睦まじい様子に目を細め、それからわざと自分たちの話に夢中になっているふりをした。

ふたりは他愛ない話をしながら会場内を歩き、ときおり招待客と言葉を交わした。親友のアリスのところにたどり着いたのは、パーティーも終わりに近づいたときだった。

アリスにはあらかじめ今回の詳細を手紙に書いて知らせてあり、名前こそ明かしていないがフェリクスが事情を知っていることも伝えてあった。

最初の挨拶の時はレオンも一緒だったから、込み入った話もできず祝いの言葉をもらうだけだったが、フェリクスとリゼットに気づいたアリスがひとりで近づいてきて膝を折った。

「改めまして、王太子殿下、リゼット嬢、ご婚約おめでとうございます」

「アリス、今日は来てくれてありがとう」

リゼットの言葉にアリスは顔をあげたが、その顔は曇っていて後ろめたそうな表情に見える。

「王太子殿下、本日はお詫びをさせてください」

アリスがおずおずと切り出すのを耳にして、あのことを話すつもりなのだと悟ったリゼットは小さく息を呑んだ。

もう決着がついたから気にする必要はないと書き伝えたのに、責任を感じてしまっているのだろう。

「実は……今回の騒動の発端は私の軽率な行動からなのです。私が社交界の流行を真似て手紙など書いたりしたから、リゼットに嘘をつかせることになってしまったのです。申しわけございませんでした」

アリスが深々と頭を下げるのを見てフェリクスが溜息をつく。リゼットからもフェリクスを取りなした方がいいだろうと口を開きかけたときだった。

「もういい」

「えっ」

フェリクスの唇から出てきた言葉にアリスが驚いて顔をあげた。

「リゼット、アリス嬢はなにか誤解をしているようだ。彼女は私とあなたを結びつけてくれた、いわばキューピッドだろう？　こちらから感謝をするならまだしも謝罪されるようなことはなかったと思うのだが、どうだ？」

その言葉にフェリクスの意図を理解したリゼットはすぐに同意して頷いた。

「フェリクス様のおっしゃる通りでございます」

アリスはまだ状況がよく飲み込めていないのか、呆気《あっけ》にとられた顔でリゼットの顔とフェリクスの顔を交互に見比べている。

いつものリゼットならそんなアリスを見たら噴き出してしまうところだが、そんなことをしたらフェリクスの計らいが台無しになってしまうので、緩んでくる唇を必死で引き締めた。

「フェリクス様、ご存じかと思いますがアリスはベジャール侯爵との結婚が決まっております。私から申し上げるのは僭越《せんえつ》ではございますが、よろしければふたりの結婚を祝っていただけたら」

「それはいい案だな。アリス嬢にはなにかお礼をしたいと考えていたのだが、その代わりとしてベジャール侯爵と結婚の時は、特別な祝いを贈らせてもらおう」

フェリクスの寛大な言葉にアリスが感極まって涙ぐむのを見て、リゼットはたまらずアリスの手を取った。

「アリス、レオン様と幸せになってね」

「ありがとう。あなたも幸せになってくれなくちゃ嫌よ?」

「当たり前だ。リゼットは私が必ず幸せにする」

フェリクスの自信たっぷりの言葉にリゼットとアリスは顔を見合わせてクスクスと笑い出した。

空は青く、庭園には涼やかな風が吹き抜ける。子どもたちの甲高い声と大人たちの笑い声が響きわたり、リゼットにとっては夢のような時間だ。

今日のこの景色を一生忘れずフェリクスと共にありたいと、リゼットは改めて胸に刻んだ。

11

「女性の寝室は落ち着かないな。あちこちヒラヒラしていて、甘い香りがする」

リゼットのベッドの上で胡座《あぐら》をかくフェリクスは濃紺のガウン姿だ。

先ほど寝支度を終え女官たちが出て行ったかと思うと、入れ替わるようにガウン姿のフェリクスが入ってきた。

「だがあなたの香りだと思うと……悪くない」

同じくネグリジェにガウンを纏ったリゼットの首筋に鼻を近づけるとクンクンと匂いを嗅いだ。

「ミシアに……怒られますよ」

初めてフェリクスに抱かれた夜から、ふたりは褥《しとね》を共にしていない。ミシアが長時間ふたりきりにならないように目を光らせ、寝室に入るなど以《もっ》ての外《ほか》だと公言していたからだ。

それなのにフェリクスはどうやって寝室までたどり着くことができたのだろう。

リゼットがそれを尋ねるとフェリクスが大きな溜息をついた。

「婚約を発表したのだから少しぐらいかまわないだろう。いつも女官がうろうろしていて、あなたにキスひとつするのも一苦労だ」

フェリクスはそうぼやくけれど、実際には女官たちの前だろうと隙を見てキスをされるのはいつものことだ。一度など庭の散歩の途中で東屋《あずまや》に連れ込まれて、身体のあちこちを愛撫された。もちろん服を着たままで身体を繋げることはなかったが、リゼットに刺激が強すぎることに代わりはなかった。

確かあの時も途中でミシアがリゼットを探しに来て、なんとかフェリクスから解放されたのだが、あまりにもタイミングがよすぎてフェリクスが舌打ちしたのを覚えている。

今夜もミシアが本気で止める気があれば、フェリクスがリゼットの寝室まで入ってくることはできなかったのではないだろうか。

フェリクスは上手く忍び込めたことに満足しているようだが、きっとミシアはわかっていて見逃している。正式に婚約が発表されたから少しぐらい手綱を緩くしようと考えたのかもしれなかった。

「ミシアに怒られても知りませんからね」

念のためそう口にしたが、すっかりミシアを信用しきっているリゼットは彼女が許しているのならいいだろうとフェリクスとの時間を楽しむことにした。

「そういえば、叔父上は相変わらずなのだろう?」

ミシアの名前が出たついでのようにフェリクスが言った。

「フェリクス様がいらっしゃらない隙を狙ってよく遊びにいらっしゃいますよ」

ジョフロワ公爵は、フェリクスがリゼットの部屋に顔を出す時間がない公務の時間を狙ってご機嫌伺いにやってくる。

ふたりの婚約が内定したときにフェリクスが頻繁に女性の部屋を尋ねるなと釘《くぎ》を刺したようだが、むしろリゼットがフェリクスから事情を聞いたと察したのか、以前より足繁《あししげ》く顔を出すようになった。

彼がミシア目当てだとわかっているからいいが、確かに独身女性の部屋に頻繁に男性が訪れるのは誤解を招きかねない。しかもミシアによってすべてフェリクスに報告されていることに、公爵は気づいているのだろうか。

相変わらずあれこれ理由をつけてはミシアに話しかけているが、それに対する返事は聞いているこちらも心配になるほど冷ややかだ。

かわいそうになるぐらいの塩対応に嬉しそうに笑う公爵を見ていると、公爵は虐げられるのが好きなのかと少し心配になる。

フェリクス曰《いわ》く女性にだらしないそうだが、これほど一途《いちず》ならもういっそミシアと結婚すればいいのにとも思ってしまう。

一度ミシアに公爵に対して冷たすぎるが、彼にかまわれるのをどう思っているのか尋ねたことがある。

女性に気安すぎるとか、年の割に落ち着きがないとか散々公爵の気に入らないところをあげて、公爵は女性の敵だとまで口にした。

普段は公爵のことなど眼中にないという顔をしているミシアが思っていたより公爵の行動を把握している感じで、ふたりの結婚もありだと思ったのだ。

王宮で働く女性は下級ながら貴族出身で、公爵が本気で望めば叶うのではないだろうか。

そこまで考えてミシアの意思を無視していることに気づきそれを打ち消した。

彼女はこの王宮での仕事にやりがいを持っているようだし、今ミシアに去られたら困ってしまうのはリゼットだ。

公爵が美男子であることは認めるが、どの道を選択するか選ぶのはミシアだから、リゼットは彼女が道を選んだときに応援すればいいと思うことにした。

「なにを考えている？」

いつの間にかベッドに横になり肘をついたフェリクスが怪訝《けげん》そうな顔でリゼットを見上げていた。

そういえば昼間のアリスのことできちんとお礼を伝えていなかったことを思い出す。

「フェリクス様、ありがとうございました」

「なんのことだ？」

「アリスのことですわ。実は今回の出来事を、彼女にだけは手紙で伝えていたのです。責任を感じてしまうとは思ったのですが、アリスは親友ですし、いつかは話さなければと思っていたので」

　フェリクスがなるほどという顔で頷いた。

「あなたが友人をかばっていたと聞いたときから、彼女のことだと気づいていた」

「え？」

「あなたのことを調べたときに、アリス嬢とは幼い頃からの友人だと聞いていたからな。彼女のことをかばっていたという告白を聞いたとき、それほどあなたにかばわれることに嫉妬してしまったが、アリス嬢の幸せがあなたの望みなのだろう？　それなら俺もそれを手伝おう」

　リゼットの望みを叶えようと考えてくれていることが嬉しい。こんなにも優しい人に対して自分を偽っていたことが今更ながら申しわけなくなった。

「あの……公爵の書斎で嘘をついてしまい申しわけありませんでした」

　改めてあの時のことを思い出すと自分の無鉄砲さが恥ずかしくてたまらなくなり、リゼットは深々と頭を下げた。

「なんだ、今更。もう謝罪ならしてもらっただろう？　それにあなたは一生俺のそばにいて償うと約束してくれた」

フェリクスは苦笑しながら、手を伸ばしリゼットの頬を撫でた。

「いえ、公爵様をお慕いしているなんて、嘘でも口にする言葉ではなかったです。あの時からフェリクス様に……憧れていたのに」

「もういい。あの時ああするしかなかったことは理解している。それにあの事件がなければ、あなたと親しくなるきっかけが摑めなかったかもしれないしな。終わり良ければすべてよしということにしよう」

大きな手でクシャクシャッと頭を撫でられ、その優しい手つきにまた胸がいっぱいになる。昼も思ったが、こんなに幸せでいいのかと心配になる。

「ほら、もっとこっちに来い」

手首を引っぱられて、フェリクスの胸に引き込まれる。気づくと仰向けになり、片肘をついたフェリクスに顔を覗き込まれていた。

「これからは、あなたがアリス嬢ばかり大切にしていたら嫉妬するかもしれないな」

「そんな心配は無用です」

「本当に？　俺に嫉妬させたら今度はあなたを鍵のついた部屋に閉じ込めてしまうかもしれない」

本気なのか睦言《むつごと》の中の冗談かはわからないが、リゼットはクスクスと笑い出してしまう。

「フェリクス様、お忘れではないですか？　私は錠前を開けるのが得意なのです」

冗談めかして言うと、フェリクスが眉間に皺を寄せる。

「それは困るな。あなたに逃げられたら俺は……生きていけない」

「ですからそんな心配は無用だと申し上げているではないですか。それにフェリクス様がいなくなったら生きていけないのは私も一緒です。ですから絶対に離れたりいたしません」

「この国の平和のためにそうしてくれ」

フェリクスはそう言って笑うと、そっとリゼットに口付けた。

「愛している。今夜は……ここで一緒に眠ってもいいか？」

フェリクスの〝眠る〟は、ふたり並んですやすやと眠るという意味でないだろう。フェリクスに抱かれたときのことを思い出し、自然と頬が熱くなっていく。

「嫌か？　それなら大人しく部屋に帰るが」

今にも起き上がって出て行くのではないかという気配に、リゼットは慌ててフェリクスのガウンの端を摑んだ。

「いてもかまわないのか？」

お互いの気持ちを確認し合う前から、散々リゼットの意思に関係なく好き勝手に口付けたり触れたりしてきたのに、ここに来て尋ねられてもどう答えるのが正解なのかわからない。

「そばに……いてください」

フェリクスに抱かれてからというもの、夜が寂しかったのはリゼットも一緒だった。フェリクスの腕に守られて目覚めた朝の幸せはなんとも言えないもので、もう一度フェリクスに抱きしめられて目覚めたいと思っていた。

「今度は俺たちの子どものために童話を書いてくれないか。物語に出てきた星空のベッドは結婚式の夜にあなたにプレゼントさせてくれ」

「はい」

リゼットが微笑むと、フェリクスは再びリゼットに口付けた。今度のキスはリゼットが蕩けてしまう、舌を使った深いキスだ。

ヌルヌルと擦れ合う舌が気持ちよくて、自分から強請るように顎をあげると、さらにねっとりと舌が絡みついてくる。

「ん、んぅ……ン……」

初めて口付けられたときは怖いと思ったはずなのに、今はこんなにも気持ちがよくていつまでも離れたくないと思ってしまう。

いつも隙を突いて口付けられていたが、次はいつこんな濃厚な口付けをしてもらえるのか考えてしまう。

婚約したと言っても、結婚式を終えるまでは毎晩フェリクスと眠ることはできないだろう。それまでの間、できればこうして頻繁に会いに来て欲しいと思うのははしたないだろうか。

　口の中を満遍なく舐め回されすっかり蕩けた顔のリゼットを見て、フェリクスがクスリと笑いを漏らす。

「すっかりキスが気に入ったみたいだな。どうだ、今度のあなたの物語にしては」

「……え？」

　霞《かすみ》がかかった思考は言葉の意味を理解できず、リゼットはわずかに首を傾げた。

「ご婦人向けの恋愛小説ならあなたが大好きなこのキスのことが書けるだろう？　男性向けの官能小説はたまに聞くが、女性向けは耳にしたことがない。あなたの今夜の体験を文字にすればいい」

　そんなとんでもない話を書いたら子どもたちに見せられなくなってしまうのはもちろんだが、まさかフェリクスはその官能小説とやらを読んだことがあるのだろうか。

　思わず顔を曇らせたリゼットを見てフェリクスがニヤリとする。

「そんな顔をするな。冗談に決まっているだろう。ベッドの中でのことはふたりだけの秘密だ」

　リゼットの安堵した顔に、フェリクスがクックックッと喉を鳴らした。

「本当にあなたは可愛らしいな。そんな無垢な部分があるから子どもたちが喜ぶ話が書けるのだろうな」

フェリクスはもう一度喉を鳴らすと、リゼットを抱きしめたまま身体を起こした。

「あっ」

胡座の上に跨《また》がるよう向かい合わせに座らされ、胸の下辺りで結んであったガウンの紐を解かれてしまう。するりと肩からガウンが滑り落ち、薄いネグリジェ一枚の姿にされる。肌寒さを感じてブルリと身体を震わせると、フェリクスの手が薄布越しに背中を撫で下ろした。

「今日は脱がせやすくて助かるな。女性の衣類は時間がかかりすぎる」

うんざりしたように言ったが、先日ドレスを脱がせたフェリクスの手つきに迷いはなく面倒くさそうには感じられなかった。

どちらかというと脱がせるのを楽しんでいると言った方が正しい気がしたが、それを口にする前にフェリクスの手が胸の膨らみに触れた。

「……っ」

柔らかな胸をすくい上げ、両手で寄せ集めるようにして胸の尖端を押し出す。薄布越しでも、押し出されたそれはうっすらと形が浮き出ていて、フェリクスはその場所をぱっくりと咥え込んだ。

「んんっ！」

キスだけで硬くなり始めていた乳首に布が擦れて、直に愛撫されるときとは違う疼きを感じる。

「あ……はぁ……」

中途半端な刺激に腰を揺らすと逃げられないように腰を引き寄せられ、さらに激しく乳首を吸い上げられてしまう。

「や、んっ……あぁ！」

薄い生地はフェリクスの唾液で濡れ、胸の尖端をくっきりと浮かび上がらせていて、裸でいるときよりいやらしく見える。

「もぉ……いやぁ……」

リゼットが助けを求めるように見上げると、フェリクスは仕方なさそうに溜息をついた。

「では自分で触れてみろ」

「……え？」

「俺に吸われるのが嫌なら自分で触れてみろと言ったんだ」

フェリクスはそういうとネグリジェを捲り上げ、頭の上から引き抜いてしまった。

「きゃっ……！」

白い胸の膨らみを晒し、ドロワーズ一枚の姿で男の膝上に跨がるという淫らな姿が恥ずかしくてたまらなかった。それなのにフェリクスは自分で胸に触れろというのだ。

「やり方はわかるだろう？　自分が気持ちいいと思うことをすればいいのだから」

「そ、そんな……」

そんなことはできないと突っぱねたいのに、フェリクスが熱い眼差しで見つめてくる圧に負けて、おずおずと両手で胸に触れた。

胸の膨らみに指を食い込ませて、やわやわと揉む。どうしてこんなことをさせるのだろうと、フェリクスが恨めしくてたまらなかった。

「本当にそれが気持ちがいいのか？　あなたが可愛く啼くのはここだろう？」

長い指がいたずらをするように乳首を弾いた。

「ひぁン！」

「ほら自分の指で摘まんで……そう指の腹で優しく擦ってみろ」

言われた通り人差し指と親指で乳首を挟んで指の腹を擦りつけるとその場所がキュッと疼いた。

「んふ……っ……はぁ……っ」

不思議なことに乳首を弄るたびにお腹の奥が震えて、隘路がヒクヒクと痙攣してしまう。

身体の芯で熱が生まれて、甘く疼くような感覚に無意識に身体が揺れていた。

「……あっ……ン……」

甘ったるく強請るような嬌声が口をついて出て、鼻から熱い息が漏れる。フェリクスの鳶色の瞳がその痴態を凝視していると思うだけで、さらに身体が熱くなるような気がした。

「そのまま触れていろ」

フェリクスはそう言うとドロワーズに手をかけ紐を解く。フェリクスの手がお腹の丸みを撫でるようにして滑り込んできて、次の瞬間足の間からクチュリと卑猥な音がした。

「あ、ン！」

長い指がぬるりと花弁の奥へと潜り込む。ぞわりとした刺激が背筋を這い上がり、リゼットの背中が仰け反った。

「自分で触れていてこんなに濡らしたのか？　俺の婚約者殿はいやらしいな」

「……っ！」

確かに乳首への刺激が下肢へと伝わっていたけれど、それは最初にフェリクスが吸ったからで、すべてが自分のせいではないと言いたい。

しかしフェリクスが濡れ襞を乱すように指を動かしたので、それを口にすることはできなかった。

「んっ、あぁ……はぁ……っ」

ヌルヌルと花弁に指を擦りつけられて、自分から腰を押しつけてしまいそうになるほど気持ちがいい。

恥ずかしさに足を閉じ太股を擦り合わせると、ゴツゴツとしたものが肌に触れてドキリとする。いつの間にかフェリクスの雄竿が立ちあがりガウンの間から姿を現していた。どうやら素肌にガウン一枚という姿でリゼットの部屋を訪ねていたらしい。

「あ……」

「あなたが自分の手でいやらしく悶《もだ》えるところを見ていたらこんなふうになったのだ。責任をとって慰めてもらわないとな」

「……」

慰めろとはどういう意味だろう。そう思っている間にフェリクスはガウンを脱ぎ捨て裸になる。

すると天を指すように上向きになった雄竿が目に飛び込んできて、その生々しさに自然と赤くなってしまう。

こんなものが自分の中に入って暴れ回っていたなんて信じられない。そもそもこれを挿入されたのだから、痛くて当然だったのだと、まるで他人事のように思ってしまう。

恥ずかしいのに雄竿から視線を外すことができないリゼットを見て、フェリクスがクスリと笑いを漏らす。

「触ってみるか?」

「え?」

赤く滾《たぎ》った雄芯は猛々《たけだけ》しく見えて少し怖い。けれども好奇心の方が勝って、リゼットは両手を伸ばしてそれに触れた。

　両手で包みこむようにして触れると、雄竿はリゼットの手の中でビクビクと震える。まるでフェリクスとは別の生き物みたいだ。

「そのまま両手を上下に動かしてみろ」

　言われるがままに肉竿を軽く握るようにして、両手を動かし扱いてみる。生温かいそれが再びビクビクと震えて、リゼットの手の中で硬さが増したような気がした。

　どのくらいの速さで動かせばいいのか探りながら扱いていると、尖端から透明な液体が滲んできて、つつっと雄竿を伝い落ちてきた。

「はぁ……」

　フェリクスの唇からやるせなさそうな溜息が漏れ、その顔はわずかに上気しているように見える。

「フェリクス様……気持ちがいいですか？」

「ああ。とても……」

　フェリクスは熱っぽい掠れた声を漏らし、片手でリゼットの頭を引き寄せると乱暴に唇を奪った。

「んぅ！」

　両手はフェリクスの雄芯を握りしめたままなので不自然な体勢が苦しいが、すぐに舌で口腔を愛撫されているうちにそれも気にならなくなる。それどころか激しい口付けに身体が昂《たか》ぶってきて、無意識に手の動きが速くなってしまう。

「……んぁ……ふ……ン……」

口付けの心地よさにフェリクスの雄竿を必死で扱くと、フェリクスの手が重なりその動きを制した。

「ン……」

ふたりの間からちゅぷりと水音がして絡みついていた舌が離れる。リゼットが物足りなさを感じて目を開けると、唇を濡らし艶めいた表情をしたフェリクスの顔が目の前にあった。

「もういい。今度はあなたの番だ。ここが……疼いているのだろう?」

ジッとリゼットを見つめたまま濡れた花弁に指を擦りつけ、狭間《はざま》を何度も行き来させる。そこはいつの間にかフェリクスの指をぐっしょりと濡らしてしまうほどの蜜で溢れていて、擦られただけで腰が震えてしまうような強い愉悦が湧き上がってしまう。

「今度はここで俺を受け入れてくれ」

蜜壷に長い指が挿ってきて、リゼットは指のゴツゴツとした刺激に小さく吐息を漏らした。

「ああ、やはりまだ狭いな。少し広げるか」

フェリクスはそう言ってリゼットの腰を抱くと膝立ちにさせる。

「そこに掴まっていろ」

言われた通り彼の両肩に手を置くと、蜜孔にフェリクスの指が入ってきた。

「あ……」

ぬるりと入ってきた二本の指が濡れ襞を割って入ってきて、太い指が隘路をいっぱいにしてしまう。本当にあの太い肉棒が自分の中に入ったのだろうかと疑ってしまうほど、リゼットの膣洞は指でいっぱいだ。

指を抽挿され、突き上げられるたびにお腹の奥がキュンと痺れて、自分でもフェリクスの指を締めつけているのがわかる。

「あっ……ふ、ん、あぁ……ん……」

膣内で二本の指がバラバラに動き回って、リゼットの感じやすい場所を何度も擦る。あまりの愉悦に頭がおかしくなってしまいそうで、気づくと腕を伸ばしてフェリクスの首にしがみついていた。

「ここか？」

フェリクスがお腹裏のざらりとした場所を擦ると、リゼットの身体が大きく震えた。

「あっ、あっ、あっ、ああっ！」

リゼットの高い声に応えるように膣内の指がその場所をトントンと叩き刺激を送ってき

て、リゼットは恥ずかしいほど高い声をあげて達してしまった。

「はぁッ……」

ブルブルと震えながら荒い呼吸を繰り返していると、フェリクスの手が優しく背中を撫でる。

「この前より反応がいいな。慣れてきたのか？」

首にしがみついたまま首を横に振って否定したけれど、こんな反応をしていたらフェリクスが信じるはずもない。

それに実際初めての夜よりも身体が反応してしまっているし、自分でも素直に気持ちがいいと感じていた。

「そろそろ俺も気持ちよくしてくれるか？」

背中をポンポンと叩かれ顔をあげると、フェリクスがリゼットの腰を支えたまま尖った乳首にしゃぶりつく。

強く吸ったり甘噛みをしてすでに硬い乳首がこれ以上ないというぐらい膨れあがる。

「あぁっ、んっ、やっ……」

すっかり感じ入った身体は乳首を吸われるだけで震えてしまい、膣壁が戦慄く。早く熱いもので満たして欲しいと蜜を溢れさせて、太股をぐっしょりと濡らしていた。

フェリクスはもう一方の胸もたっぷり舐めしゃぶると、ぐったりしたリゼットの身体を抱えて、花弁を雄竿に擦りつける。

　雄竿はすぐに愛蜜で濡れそぼりてらてらと卑猥に光って見えたが、すでに愉悦に支配されたリゼットはぼんやりとそれを眺めた。

「ゆっくりするから、少しずつ腰を落としてみろ」

「……で、でも……」

　こんな格好で雄芯を受け入れるのは初めてで怖い。それにフェリクスが支えてくれなければ膝から崩れ落ちそうなほど身体が怠くてたまらなかった。

「大丈夫だ。ちゃんと支えているから」

　鳶色の瞳で射貫かれて、上手くできる自信がないままこっくりと頷いた。

「ほら、ここだ」

　つるりとした雄の尖端が蜜孔の入口に押し当てられる。浅いところに尖端が入ってきて、入口を広げるようにフェリクスの手が雄竿を大きく押し回した。

「ん……っ」

　もどかしい刺激にビクリと肩を震わせると、雄竿がさらに隘路に挿ってくる。正確には無意識に腰を落としていたのだが、フェリクスにすべてを委ねているリゼットにはわからない。

　初めて目にした雄竿が凶暴な生き物のように見えて、下から貫かれていると錯覚させたのだ。

「上手だ」

フェリクスの囁きに、気づいたときには雄芯は半分ほど隘路に飲み込まれていて、中途半端な刺激がもどかしい。

「はぁっ」

リゼットが漏らした溜息がやるせなさそうに聞こえたのか、フェリクスが苦笑する。

「まだ全部挿っていない。ちゃんと奥まで挿れたらもっと気持ちよくなれるぞ」

そう言われてもやはり初めての体勢は少し不安だ。

「このままでは俺も辛いから少し手伝ってやろう」

「……え？」

なにを手伝おうと言うのだろう。そう思った次の瞬間腰を支えていた手に力がこもり、グイッと引き下ろされる。次の瞬間ぐぷりと雄竿が最奥まで貫いてしまった。

「いやぁン！」

膣洞はすっかり解れていたから痛みはなかったが、いきなり最奥を突き上げられて目の前が真っ白になる。

この体位がこんなに深くまで入ってくると知らなかったリゼットは、目の前に飛び散る星に驚き瞬きを繰り返した。

「……っはぁ……ん……」

背筋がブルブルと震えて雄竿を抜きたいのに、足に力が入らず立ちあがることができない。震えるリゼットの身体を抱きしめて、フェリクスが満足げに呟いた。

「ああ、やはりあなたの中は最高だ……こんなにも長くお預けにされていたからか、あの夜あなたを抱いたのは夢だったのではないかと思い始めていたんだ」

そう言って背中を撫でたが、敏感になった身体はそれだけでも感じてしまってフェリクスの雄をキュウキュウと締めつけてしまう。

「はぁ……そんなに締めるな。今夜はたっぷり可愛がってやるから」

そう言いながら雄芯を深く咥え込ませたまま下から押し回してくる。

「……っはぁ……っ」

すでに雄芯でいっぱいなのに無理矢理押し広げられ、内壁が雄竿を包みこむようにうねる。

「すごいな……でも今日の方が胎内が柔らかい。あなたも感じていると思っていいんだな？」

そんなことはないと否定したいのに、気づくとリゼットはフェリクスの首にしがみついたままコクコクと頷いた。

お腹の中いっぱいに収まった雄に隘路を押し広げられて苦しいのに、それよりも奥にゴツゴッと当たる刺激が気持ちよくてたまらない。

前回フェリクスに抱かれたときとなにが違うのだろうかと考えたが、彼と婚約したという安堵《あんど》感がさらにリゼットの身体を敏感にしているのかもしれなかった。

「きもち、い……」

リゼットが無意識に漏らした本音にフェリクスの身体がビクリと震えた。

「すまない。少し動くぞ」

リゼットが小さく頷くと、フェリクスが手で腰を支えながらリゼットの胎内から肉棒を引き抜き、さらにそれを再び押し戻す。同じタイミングで下から腰を突き上げてくるので、そのたびお腹の奥にズンズンと強い刺激が与えられる。

最奥を何度も突かれるのはまだ行為に慣れないリゼットには刺激が辛すぎて、感じすぎて頭の中に靄《もや》がかかってくる。

喘ぎ声をあげる唇はだらしなく開いてしまって、口の端からは唾液が伝い落ちてしまう。

普段のリゼットならそんな姿を恥じるが、理性のたがが外れてしまったのか、揺さぶられるままに嬌声をあげてしまう。

グイッと腰を押しつけられて、フェリクスが大きく腰を押し回す。

「や、広げちゃ……あぁっ……！」

お腹の奥に当たった雄芯をグリグリと押しあげられて、そのたびに目の前に星が飛び散

る。快感のあまり目をギュッと瞑っても、眼裏にも星が散ってどうすることもできなかった。

「やっ、あっ、はぁ……っ」

何度も突き上げられ、揺さぶられて雄を咥え込んだ膣洞が大きく戦慄く。もう次にどうなるかはわかっていて、リゼットは快感の波に飲み込まれて、抗うこともできず高みに押しあげられてしまった。

「あ、あ、あ、ああっ‼」

腰から全身へ痙攣が広がって雄を締めつけてガクガクと身体が震える。それに気づいたフェリクスがギュッと抱きしめてくれなければ身体がバラバラになってしまうような強い衝動だった。

「くっ……」

フェリクスの苦しそうな声が耳に届く。

身体から力が抜けてずるりと倒れ込んだリゼットの身体をフェリクスが抱き留める。身体が怠すぎて今すぐ横になりたくてたまらない。

リゼットがなんとか腰を浮かし自分の中からフェリクスを引き抜こうとしたときだった。

「待て。まだだ」

フェリクスが腰を押さえリゼットの動きを止めた。

「……え？」

「俺はまだイッていない」

リゼットは荒い呼吸を繰り返し、胸を上下させながらフェリクスの顔を見つめた。前の時はフェリクスが達して、リゼットの中に体液を注ぎ込んだのはなんとなく覚えているが、今のはリゼットだけが感極まって達してしまったらしい。

リゼットは恥ずかしくなって頭を下げた。

「も、申しわけございません」

自分ばかり感じて彼を満足させることができなかったなんて、嫌われても仕方がない。

きっとフェリクスはリゼットに愛想を尽かしたのだろう。

自分を満足させる女性と結婚したいと言われたらどうしたらいいのだろう。

涙目で謝罪するリゼットを見てフェリクスが苦笑する。

「おい。別に怒っているわけじゃないぞ。男はその分長く楽しめるからな。それに女性は何度もでもイケるが男はそうでもない。だからあなたが俺でイク姿を見るのは最高に気持ちがいいんだ」

フェリクスはそう言うとリゼットの腰を抱え、自ら雄芯をずるりと引き抜く。

「あぁ……」

雄竿が抜けるときに隘路を擦られるだけでも背筋が震えてしまうことが恥ずかしい。

そのままシーツの上に下ろされたかと思うと、なぜか身体をくるりと反転させられてしまう。なにをしようとしているのだろうと振り返りかけたリゼットの身体はそのままうつ伏せにシーツに押しつけられてしまった。

「きゃっ！」

「だが、俺が満足するまで付き合ってもらうぞ。心配いらない。あなたはお疲れのようだからそうやって休んでいろ。あとは俺が勝手にやる」

フェリクスはそう言うとお尻の丸みに手をかけ、太股と一緒にその場所を大きく広げてしまう。ひやりとした空気が入り込んでドキリとした次の瞬間、突然後ろから雄竿が押し込まれた。

「ひぁあっ！」

雄竿が今までとは違う場所を擦りながら膣洞へ侵入してくる。すでに広げられて柔らかくなった隘路になんの抵抗もなく収まって、熱くて太いそれは背後からしっかりとリゼットの華奢な身体を貫いてしまった。

「あ、あ、あ……」

新たな愉悦に身体が震えるが、もうこれ以上感じたくない。感じすぎておかしくなってしまう。そう訴えたいのに唇は麻痺《まひ》してしまったかのように思い通りにならず、自分でも意味のわからない声しか出てこなかった。

「は……ッ。すごい締めつけだ。あなたは後ろからされる方が好きらしいな」

そう揶揄《やゆ》されても言い返す言葉も浮かばない。

「ちが……」

好きじゃない。そう言いたいのに口が動かず、リネンに顔を擦りつけるようにわずかに首を振ったが、弱々しすぎるそれはフェリクスには伝わらなかった。

フェリクスが雄竿をギリギリまで引き抜き、揺さぶるように膨れきった怒張を突き上げてくる。最奥から新たな愉悦がじわじわと身体を支配して、もう抵抗する気持ちも失《う》せて喘ぎ声をあげてしまう。

「あ、あぁぁ……っ」

ズチュズチュと音を立てて背後から突き回されて、再び目の前に星が飛び散る。

フェリクスが勝手にやるというのはリゼットの身体を好きにするという意味だったということに気づいたのはすべてが終わったあとで、ただリネンに顔を押しつけて快感に耐えるしかなかった。

何度も最奥を抉られ、押し広げられて、きっと自分の身体は壊れてしまう。そう思っているのにフェリクスの動きは止まらない。

「さっきはこうしたらよがっていただろう？」

そう言いながらさらに胎内を押し広げて、感じたことのない場所を何度も突き上げてくるのだ。

「はぁ……はぁ……んぁ……っ」

下から突き上げられているときよりも思うさまに腰を振られて、ぐったりとリネンに身体を預け喘ぐ。

「リゼット、俺を感じてくれ」

フェリクスの呟きが聞こえて、背後から深く覆い被さられる。背中にフェリクスの熱と重みを感じたと思うと、背後から回された手が重力で下がった胸を鷲づかみにした。

「ひぁっ」

もうこれ以上感じられないと思っていたのに、新たな刺激が胸から広がって、フェリクスの指が乳首を押し潰すとさらに雄竿を締めつけてしまう。

「あっ、あっ、あっ！」

これ以上感じたくないのに再び隘路が震えるのを感じてリゼットはたまらずリネンにしがみつく。

うねる膣壁がフェリクスの熱に吸いつきキュウキュウと締めつけ、再び足がガクガクと震え始める。

「あぁ……だめ、また……！」

「いいぞ。俺も……限界だ……」

フェリクスの掠れた声にキュンとして雄竿を一際強く締めつける。

「く……っ！」

耳元でフェリクスのくぐもった声が聞こえ、次の瞬間一際深く雄竿が突き立てられる。

「あああっ」

リゼットが感極まって声をあげたときだった。身体でフェリクスの熱が弾けて熱い白濁が注ぎ込まれる。背中に感じるフェリクスの身体の重みが増し、意識が遠のいていくのを感じた。

「早く……俺の子を身籠もってくれ」

自分のすべてを注ぎ込むような言葉が聞こえたけれど、リゼットは今度こそ動けなくなって、ベッドの上にぐったりと身体を投げ出した。

エピローグ

アルドワン王国王太子フェリクスと、フォーレ伯爵令嬢リゼットの結婚式は清々《すがすが》しい晴天の中、大聖堂の厳粛な空気の中執り行われた。

近隣諸国からは王や王太子、またそれに準ずる使者が招かれ、国内の主立った貴族も列席し、大聖堂は人で溢れかえっている。

朝から支度に追われ、やっと大聖堂の控え室に落ち着いたリゼットは、ひとときソファーに腰を下ろし、窓から流れ込んでくるざわめきに耳を澄ませた。

王太子の結婚式となると国民をあげてお祝いムードになるのは当然のことだが、大聖堂の周りには当日の朝からふたりの姿を一目見ようと人々が集まっていて、その喧噪《けんそう》が聞こえるのだ。

国民向けの挨拶の場も設けられていて、式のあとは馬車で王宮までパレードをすることになっている。その後王宮で披露の宴が開かれる予定になっていて、この先数日は外国からの招待客への接待も兼ねた晩餐《ばんさん》や舞踏会が続くことになっていた。

そうなると新婚といえどふたりきりでゆっくり話をする時間がとれないだろうとミシアに言われたことを思い出し、リゼットはフェリクスと話をするのなら今だと思った。

フェリクスは窓辺に近づいて、カーテンの隙間から外の様子を窺っていたが、リゼットがそっと名前を呼ぶとすぐにソファーの隣にやってきた。

「あの、フェリクス様にお伝えしなければいけないことが」

リゼットがおずおずと切り出すと、悪い話だと思ったのかフェリクスの眉間にさざ波のように皺が生まれる。

「なんだ？　まさか結婚式を取りやめるなんて言い出さないだろうな」

まるで迷子になった子どものように不安げな表情のフェリクスを見て、リゼットはクスクスと笑い出してしまった。

「まさか！　どうしてそんなことをおっしゃるのですか。私の心はすっかりフェリクス様のものですのに」

その言葉に気を良くしたのか、フェリクスはその表情を緩めリゼットの手をとると、手袋の上から甲の当たりに唇を押しつけた。

「言うようになったじゃないか。最初は俺に好きと言うだけで真っ赤になっていたのに」

もちろん今も慣れたわけではないが、フェリクスへの想いを口にすることは、自分の気持ちを安心させるためにも必要だとわかったのだ。

「からかわないでください。もう！　話したくなくなりました！」

フェリクスとずいぶん気安いやり取りができるようになったリゼットは頬を膨らませてプイッと顔を背けた。

「悪かった。もうからかわないからもったいつけるな。ちゃんと聞くから話せ」

もとより怒ってなどいなかったリゼットは、再びフェリクスに向き直ると言葉を選ぶ。

「実は……」

リゼットは自由な手を使って、ウエディングドレスの上から腹部をそっと撫でた。

「赤ちゃんが……できたようなんです」

ここ数日朝目覚めると気分が悪く、最初は結婚式が近づき緊張から体調を崩していると思ったのだが、それに気づいたミシアが侍医を呼び診察してもらったところ、懐妊の可能性が高いと言われたのだ。

「……なん、だって？」

フェリクスが見知らぬ言葉でも聞かされたかのような顔で聞き返してくる。

「ええと……赤ちゃんができたか……きゃっ！」

今度はすべてを言い終わる前に腕を引かれてフェリクスに抱きしめられていた。

「本当に？　俺とあなたの子どもが？」

驚いたことにフェリクスの声が感極まったのか震えていて、彼が泣いているのではないかと心配になって顔を見上げた。

「フェリクス様？」

「ああ、すまない。苦しかったか？」

フェリクスは慌てて腕の力を緩めたが、その顔は喜んでいるというより、まだ現実が受け入れられていないような表情だ。

まさか本当は子どもができることを望んでいなかったのだろうか。てっきり手放しで喜んでくれると思い込んでいたリゼットはその微妙な表情に胸の奥がざわつくのを感じた。

ニナと遊んでいるときなど子どもが好きな人なのだと微笑ましく思っていたが、自身のことには興味がないなどということもあるのだろうか。

「歩いたりして大丈夫なのか？　それにコルセットで締めつけたりしたら……」

次に続いた言葉にすぐに自分の心配は杞憂だったと気づいてホッとする。オロオロしてしまうほど心配してくれることが嬉しくて、フェリクスに微笑みかけた。

「フェリクス様、そんなにご心配いただかなくても大丈夫です。侍医の方も気分が悪くないなら普通に過ごしてかまわないとおっしゃっていましたし」

侍医はミシアにあれこれ言い付けていたが、今のところ食事もでき水分が摂取できているのなら問題ないと言っていた。

「普通に？　そういうものなのか？　しかし結婚式となると身体に負担が大きいだろう。

このあとは祝いの宴も続くし、あなたになにかあったら……そうだ、式は執り行うとして宴は体調不良ということで中止にしよう！」

今すぐに立ちあがって指示を出しそうな勢いに、リゼットは慌ててフェリクスの手を握りしめた。

「お待ちください！　本当に大丈夫ですから！」

「しかし」

「落ちついてくださいませ。今朝は気分もいいですし、本当に具合が悪くなったら式の最中でもフェリクス様に助けを求めますから」

リゼットはフェリクスの手を握りしめて、もう一方の手で安心させるようにポンポンと叩いた。

「わかった。でも俺が大事なのは儀式などよりあなただということを覚えておいてくれ」

「承知しました。なにかあったらよろしくお願いします」

優しさが嬉しくて唇を緩めると、フェリクスも微笑み返してくれる。

「女官長にもより一層あなたの様子に気を配るよう言いつけておこう」

フェリクスの言葉に、もうひとつ相談があったことを思い出す。

「……ミシアについても相談があるのですが」

「なんだ？」

「公爵様とのことです。相変わらず公爵様が私の部屋を足繁く訪ねているのはご存じでしょう?」

フェリクスがリゼットに関して知らないことなどあるはずがないのは知っているが、あえてそう切り出した。

「叔父上の目当てが女官長なのは知っているが、彼女が迷惑がっているようなら出入り禁止にしよう」

その言葉にリゼットは慌てて首を横に振った。

「そうではないのです。私も最初はミシアが公爵様のことをただ迷惑がっていると思っていたのですが、最近ではさりげなく公爵様の好きな茶葉が用意されていたり、好みのお菓子が用意されているようになったのです」

もちろん賓客のもてなしも女官の仕事だが、最初の頃のミシアより、公爵への当たりが最近少しだけ柔らかくなってきたような気がするのだ。

それが好意かどうかはわからないが、毎日のようにふたりを見ているリゼットだからこそ、関係が変わっていることに気づいたのだと思う。

「もしかしたら近い将来新しい女官長を探さなければいけないかもしれません。まだ私の憶測ですが、フェリクス様にはその心づもりをしていただけたらと思いまして」

リゼットの話を黙って聞いていたフェリクスが、わずかに眉を寄せた。

「あのしっかり者の女官長が叔父上などになびくとも思えないが……」

いったん言葉を切って考え込んだ後、フェリクスは自分を納得させるように何度も頷いた。

「あなたがそう言うのなら、あり得なくもないな。わかった。できればあなたの出産が終わってからにして欲しいが、今から信頼できる人間を探すよう手配はしておこう」

「はい。よろしくお願いいたします」

正直、リゼットの王宮での生活のすべてを支えてくれているミシアに去られてしまうのは痛いが、自分を犠牲にしても幸せになって欲しいと思うほど、彼女のことが大好きになっていた。

もちろんミシアが結ばれることになったら、公爵にはこれまでのことをしっかり清算してもらい、すべてをミシアのために捧げると誓ってもらうつもりだ。

「一応申し上げておきますが、フェリクス様はなにもなさらないでくださいね？　私はミシアに公爵様のことを強要するつもりはありません。すべてはミシアの気持ち次第だと思っているので」

「わかっている。そもそも昔から世話になっている女官にあの放蕩叔父を押しつけるなんて嫌がらせだと怒られるからな」

恐ろしそうに肩を竦めるフェリクスを見て、彼が本当にミシアを信頼しているのだと思いホッとした。

いくら公爵が気に入っていても、下級貴族などとんでもないと反対されるのではないかと少し心配していたのだ。

「それにしても、早くあなたを孕《はら》ませて俺から離れられないようにしようと思っていたが、まさかこんなめでたい日にさらにめでたい話が聞けるとは思わなかった」

大きな手のひらが、まだまったく懐妊の兆候がない腹部を愛おしそうに撫でた。

フェリクスの嬉しそうな笑顔に一瞬聞き流してしまいそうになったが、フェリクスは最初からリゼットの懐妊を望んでいたらしい。

閨事《ねやごと》についてはずいぶんと知識がついたが、確かにフェリクスに抱かれているのだからもっと早く懐妊していた可能性もある。けれど婚姻の儀をするよりも早く懐妊の報が流れたらあらぬ噂を立てる人もいただろう。

自分はそんな危ない橋を渡りながらフェリクスに抱かれていたのだと気づき、今更だがひやりとしてしまった。

「すぐにでも国中に発表したいところだが」

その言葉にリゼットは慌てて首を横に振った。

「い、いけません！　結婚式の日に懐妊報告なんておかしいじゃないですか！　わ、私たちはこれから結婚式を挙げるのですよ？」

「そうだったな。では発表は落ち着いてから改めてしよう」

自分の報告のタイミングも悪かったかもしれないと思いつつ、フェリクスがあっさりと納得してくれたことに安堵した。

しかし大聖堂の準備も整いフェリクスと共に会場に向かうとき、フェリクスがあまりにも大袈裟にリゼットを気遣うので、式が終わるまでに参列者に気づかれてしまうのではないかと気が気でなかった。

先導はお揃いの白いドレスに花冠をつけた小さな子どもたちで、その中には姪のニナの姿もある。女の子たちは籠の中に入った花びらをバージンロードに撒く役で、その可愛らしさはまるで天使がふたりの結婚を祝っているみたいだ。

リゼットの身長よりもはるかに裾《トレーン》が後ろに長く伸びていて、同じように白いドレスを着た少し大きな女の子たちが両手で捧《ささ》げ持《も》ってついてくる。

フェリクスに言った通り自分でも体調に気をつけるつもりだったが、たくさんの人の視線に晒され、緊張で自分の体調がどうなのか気にすることも忘れてしまう。

愛するフェリクスといよいよ正式に結ばれると思うと舞い上がってしまうし、まるでフワフワとした綿《わた》の上でも歩いているような気分だった。

幸い式の最中に気分が悪くなることはなく、厳かな空気の中予定通り司教の祝詞を聞き、指輪の交換、そして結婚誓約書にサインをする。

たくさんの視線の中でサインをするのは緊張して手が震えてしまったがなんとかペンを置いたリゼットを見て司教が告げた。

「では誓いのキスを」

教えられていた通りフェリクスの方を向き、わずかに膝を折る。するとフェリクスの手がヘッドドレスにかかり、顔を覆っていた薄いベールが捲り上げられた。

招待客や貴族の中にはリゼットの顔を知らない人たちもおり、その愛らしい横顔に小さなどよめきと溜息が聞こえたが、緊張していたリゼットの耳には自分の心臓の音だけが鳴り響いていた。

先ほどまで控え室で見つめ合っていたはずなのに、今見上げたフェリクスの表情はいつもと違い新鮮に見える。

彼にしては珍しく、緊張しているのか少し硬い表情をしていた。それが次の言葉で彼の決意の強さだったのだと気づいた。

「リゼット。あなたを、そしてこれから生まれてくる子どもを、命をかけて幸せにすると誓う」

力強いフェリクスの言葉に感極まってしまい、我慢していた涙がこみ上げてきて小さな滴がリゼットの頬を転がり落ちた。

「私も……一生フェリクス様のおそばで、あなたのために尽くすことを誓います」

「心から……あなたを愛してる」

フェリクスは最後の言葉をリゼットだけに聞こえるように囁くと、ゆっくりと顔を傾けてリゼットの小さな唇に口付けた。

ふたりの新たな門出を祝うたくさんの拍手と歓声に包まれ、リゼットは喜びで胸がいっぱいになった。

その後――王妃となったリゼットが書き残したたくさんの物語は後世の子どもたちに夢を与えいつまでも語り継がれた。

そして愛し合うふたりの間にはたくさんの子どもが生まれ、アルドワン王国は発足以来稀に見る隆盛を極めるがそれはまた別の物語だった。

あとがき

こんにちは～本書をお手にとっていただきありがとうございます。水城《みずき》のあです。

久しぶりのドレスもののお話、お楽しみいただけましたでしょうか。

後書きから読んでいる方（いるのかな？）にはネタバレになりますが、今回は物語を書く子ども好き文系令嬢と王子様の恋物語でした。

うちの王子はいつも強引ですね～いろいろ（笑）

ティーンズラブというジャンルはラブシーンがあることが必須条件なのですが、私の場合執筆で一番時間がかかるのがラブシーンです。

このヒーローだったらどんなエッチをするのかな～とかどんな性癖があるのかと考えているうちに時間が過ぎているという（汗）

そんな時間のかかったシーンも楽しんでいただけると嬉しいです。

今回表紙と挿絵はｇａｍｕさんに描いていただきました。

以前別の作品でも表紙を描いていただいたことがあるので、お久しぶりなのですが、今回もとっても綺麗な表紙と、とってもエッチな挿絵をありがとうございました！

編集Hさま、今回もありがとうございました。最近ちょっと真面目になりましたよね？次作もよろしくお願いします。

最後になりましたが、応援してくださる読者の皆様。いつもありがとうございます。書くのが遅いのでなかなかお目にかかれませんが、皆様の感想など楽しく読ませていただいています。

これからもまた読みたいなって思ってもらえる作品を作っていきたいので、楽しみにしていていただけますように！

水城のあ

傲慢王太子の罠にかかった文系令嬢ですがなぜか超溺愛されてます

Vanilla《ヴァニラ》文庫

2024年7月20日　　第1刷発行　　定価はカバーに表示してあります

著　者　水城のあ　©NOA MIZUKI 2024
装　画　gamu
発行人　鈴木幸辰
発行所　株式会社ハーパーコリンズ・ジャパン
東京都千代田区大手町1-5-1
電話　04-2951-2000（営業）
0570-008091（読者サービス係）

印刷・製本　中央精版印刷株式会社

Printed in Japan ©K.K. HarperCollins Japan 2024 ISBN978-4-596-96114-3